TAKE
SHOBO

色彩の海を貴方と泳げたら
魔砲士は偽姫を溺愛する

杜来リノ

Illustration
サマミヤアカザ

MOON DROPS

色彩の海を貴方と泳げたら
魔砲士は偽姫を溺愛する

Contents

イラスト／サマミヤアカザ

色彩の海を貴方と泳げたら

魔砲士は偽姫を溺愛する

MOON DROPS

第一章　薬師ウィーティスの災難

春の爽やかな風が吹き抜ける、思わず眠ってしまいそうなほど穏やかな午後。

素っ頓狂な声が静けさを破るように辺りに響き渡る。

「私が王女殿下の身代わり⁉　それも蘇芳《すおう》からご帰国されるまでの間⁉」

薬師ウィーティスは驚愕《きょうがく》に満ちた顔で自宅兼店舗の椅子に座っていた。その向かいには、この国アケルの宰相と神官長が座っている。小太りで柔和な顔をした初老の宰相とは対照的に、年若く痩せぎすの神官長は無表情を貫いていた。オロオロとするウィーティスを前に、宰相が重々しく口を開く。

「この薬局は先月開業したそうだな。なかなか品揃《しなぞろ》えが良い。仕入れはフェイツイリューからか？」

「あ、はい……」

ウィーティスは自分の質問を無視した唐突な発言に戸惑う。確かに昨年末まで東の大陸フェイツイリューに住んでいた。生まれはここアケルだが自分が赤ん坊の頃に一家でフェイツイリューに移住し、そこからはずっと異国で生活をしていた。フェイツイリューは固有の薬草の種類が他国の追随を許さないほど多い。ウィーティスはそこで薬師への道を歩み、二十歳で薬局の開業資格も手に入れた。そしてこの度、生まれ故郷であるアケルで念願の薬局を開いたのだ。

「ウィーティス嬢。貴女の葡萄《ぶどう》色の髪は我が国の第五王女、ウィスタリア様のものと酷似している。正確にはウィスタリア様の方がほんの少しだけ色味が薄く、貴女は多少赤紫が濃い。けれど、この稀有《けう》な髪色を持つ者がまさか他にいたとは思いもよらなかった」

薬師ウィーティスは訳が分からなきま、反射的にコクリと頷《うなず》く。しかし、だからと言って王女の身代わりなど出来る訳がない。

「……続きは私が話しましょう」

黙っていた神官長が徐《おもむろ》に口を開き、薬師ウィーティスはビクリと身体を震わせた。胸元近くまである、緩く巻かれた葡萄色の髪。ウィーティスは無意識に髪を触っていた。子供の頃からの、緊張した時の癖だった。

「先日、発見されたばかりの古代の聖霊遺跡から霊銃《れいじゅう》が見つかりました。我らはすぐに魔砲士を連れて封印の解放を試みました。ですが、かなり抵抗されてしまいまして、連れて行った魔砲士が呪弾で両目をやられてしまったのです」

「りょ、両目をやられた⁉　失明したという事ですか⁉」

ウィーティスは思わず身を乗り出して聞いた。『魔砲士』は聖霊遺跡から発掘された『霊銃』を通して魔力を弾丸に変えて戦うことができる、戦闘には欠かせない存在なのだ。しかし肝心の武器である霊銃は遺跡からの発掘に頼る他ない。故に、魔導書や魔杖《まじょう》、魔宝珠を媒介に使う魔術師よりも圧倒的になり手が少なく、そして貴重な存在なのだ。その魔砲士が両目をやられてしまったとは、大変な損失なのではないだろうか。

薬師である自分でも目を使えないと困ってしまうのに、と会った事もないその魔砲士に心から同情した。

そんなウィーティスの様子を見ながら、神官長はピクリと片眉を上げた。ウィーティスはその僅かな変化に即座に気づく。昔から他人の表情から気持ちを察するのは得意だったのだ。神官長の顔に浮かんでいるのは嘲《あざけ》りの色だった。ウィーティスは不快感に必死になって耐えた。

「意外と豪胆なのですね、貴女は。自分がとんでもない状況に置かれているというのに、見ず知らずの魔砲士の心配をするなんて」

案の定、神官長は小馬鹿にした様な物言いをしている。宰相は少し溜息《ためいき》を吐いただけで、その態度を咎《とが》めようともしなかった。

「失明はしていない。ただ、人を色でしか識別出来なくなってしまっている」

「色で……？」

ウィーティスは一先ず苛立ちを押しやり、その言葉について考えた。それは一体どういう意味だろう。色でしか識別出来ない、という事は、色は見えているのか。では完全に暗闇の世界という訳でもないのだろう。だがそれでどうやって物を見たりするのだろうか。

「……彼は昨年末に地方都市で起きた内乱を単独で収めた有能な魔砲士だ。その功績を讃《たた》えて第五王女ウィスタリア様との結婚話が進められている。だが肝心のウィスタリア様がそれを嫌がり、留学先の蘇芳から頑として戻ろうとなさらない」

苦い顔をしながら机をコッコッと叩《たた》く宰相を眺めている内に、ウィーティスの胸の内に、再び不快な気持ちが込み上げて来た。本人の気持ちを確認する事なく無理やり結婚をさせた所で、王女は元よりその魔砲士もお互い不幸になるだけではないのか。

だがそんな事を口に出来る訳がない。ウィーティスは葡萄色の毛先を触り、苛立ちを落ち着かせようと試みていた。

「結婚式は一週間後に迫っている。だから貴女には、王女殿下のフリをしてその魔砲士と、ゼア・ヘルバリアと結婚して貰《もら》えないか」

「身代わりで結婚なんてそんな無茶です！　それに、王女殿下と私は顔が全然違いますよ⁉」

先ほどは『王女の帰国まで』と言っていたではないか。まさか結婚式までしなくてはいけないとは思わなかった。ウィーティスは猛然と抗議をした。さすがにこれは無理があり過ぎるだろう。到底上手くいくとは思えない。

宰相の傍に座る神官長は軽く溜息を吐き、困った様な顔でウィーティスを見つめた。まるで我が儘《まま》を言う子供に向けるような表情に、ウィーティスは知らずその身を竦《すく》ませた。

「……そうですね。貴女の心配も理解できます。多少可愛らしい顔立ちではありますが、貴女の容姿は王女殿下の足元にも及びませんし、年齢も四つ上になる」

「やはり無理では……」

と言いかけたウィーティスを神官が視線で制する。

「ご安心を。言ったでしょう。彼は今、色でしか人を見る事が出来ない。正確には〝髪と肌の色〟しか分からないのです。そして第五王女殿下は幼少時から同盟国である蘇芳に留学なさっていますし、顔合わせの為の帰国も拒まれてしまった。だから二人が顔を合わせるのは結婚式の時が初めてになる。ゼアは〝珍しい葡萄色の髪〟という以外、王女の情報を持っていない。ですから、貴女が王女ウィスタリアとして結婚式に出ればあっさり信じる事でしょう。何せ、その葡萄色の髪は希少ですから」

断れる立場ではないけれど、何とか抵抗しなければ。そう思っているのに、言葉が全く出て来ない。そもそも、たかが一介の薬師に断る道など残されていないのだが。しかし、ウィーティスはそれでも勇気を振り絞って聞いた。

「あの、何故こんな事を？　褒賞で王女との結婚を決めたと仰るのなら、結婚以外の別の褒賞で報いる事は出来ないのですか？　魔砲士様自身が王女殿下を望まれた訳ではないのなら、ご本人も納得されるのではありませんか？」

ウィーティスの言葉に、宰相も神官長も何も言わない。ただ、どう答えようか、と迷っている節が見受けられた。その表情を見て、またもや嫌な予感が込み上げる。

「……蘇芳から手紙が届いた。ウィスタリア様を、皇軍大将のご子息と婚約させたいと。

ゼアとの結婚話は内密に進めていたからな、彼の国が何も知らないのは無理もない。だが我が王はその話を保留にしている」

「え……？」

――蘇芳はここアケルからは飛空挺《てい》で約二十時間かかる東の小国だ。それでも特殊な技能を持つ隠密部隊を擁していたり、手先の細やかさを生かした変わった武器や道具を開発したり、決して大国に従属するだけの弱い国ではない。いくら魔砲士が貴重な役職と言えど、同盟国の将軍令息に及ぶ訳もないのだ。それなのになぜ、蘇芳の将軍令息との婚約話を保留になどしているのか。

「どうしてですか？　どうして身代わりを立ててまで、この結婚を？」

「……王は第三王女アーテル殿下を、蘇芳の皇太子に嫁がせたいとお考えだからだ」

ウィーティスは聞いた事を後悔した。そして己の立ち位置の責任の重さに震えた。恐らく国はどうにかして蘇芳を、そして第五王女ウィスタリアを説得し第三王女アーテルをあちらに嫁がせるつもりなのだ。そして予定通り、ゼアにはウィスタリアを嫁がせる。だからそれまでの間、時間稼ぎをしておきたいのだろう。

「蘇芳は大事な同盟国ではあるが小国だ。将軍令息に第五王女を、皇太子に第三王女を与えてしまっては我が国が近隣国から舐《な》められてしまう。ウィスタリア様はただ天真爛漫《てんしんらんまん》なだけだが、アーテル様は冷静で賢い。きっと色んな意味で我が国に益をもたらしてくれる。蘇芳にはアーテル様のみを送り込みたい」

開き直ったのか、宰相は冷たく言い放った。神官長は無言を貫いているが、その目には同意の色がある。

「あの、ウィスタリア王女のお気持ちはどうなるのですか……?」

蘇芳から婚約話が出るくらいだ。ウィスタリアは件の将軍令息と恋仲なのではないだろうか。いくら政略結婚を覚悟しているのであろう王族でも、そこは同じ女として気にかかる部分だった。

「これは国が、王が決めた事だ」

「そ、そうですか……」

――ウィーティスは内心で頭を抱えていた。あぁ、何故こんな面倒な事に巻き込まれてしまったのだろう。ただ髪が葡萄色だったというだけで。

「つまり、ウィスタリア様を説得し、将軍令息との婚約を白紙に戻させ帰国させる。同時に皇太子殿下にアーテル様を嫁がせる算段を取り付けている間、私がウィスタリア様のフリをして結婚する、という事ですか」

「その通り。なに、心配する事はない。いくら王女とは言え正妃様の御子は第一王子と第二王子、王女殿下は第三王女まで。以下は愛妾《あいしょう》からお産まれだからな、そう我が儘が通るものでもない。身代わり期間もそう長くはならないだろう」

冷たい声で、何でもない事のように言う宰相にウィーティスは嫌悪の目を向けた。王女も少々気の毒だが、それよりも自分はどうなるのだ。『結婚』となると、そこには当然『初夜』がついて来る。王女のフリをしてゼアに抱かれて、それで王女がゼアとの結婚に納得したら自分は無駄に処女を失って放り出される事になるのだ。正直、損しかないではないか。ウィーティスは必死に落としどころを探した。

「あの、その、もし私とゼア様が結婚した後で王女殿下と首尾よく入れ替わっても、その、別な意味でばれてしまうのでは？　初夜を過ごしたはずの王女殿下が、再び清い身体になってしまう事になりますよ？」

途端にチッ、という何か柔らかいものが弾かれた音がした。それが神官長の上品そうな口元から発せられた舌打ちだと気づくのに、少し時間がかかった。

「言っただろう。ウィスタリア様は〝天真爛漫〟だと。だから蘇芳は急ぎ婚約話を持って来たのだ」

ウィーティスはその意味を理解し、再び頭を抱えた。浅はかで愚かなウィスタリアに対してもだが、己の想いと欲を我慢出来なかった将軍令息にも軽蔑の念を抱いてしまう。

（この偽装結婚の本当の意味がわかった気がするわ）

王女の醜聞を知られる事なく、貴重な魔砲士に王女をくれてやるという恩が売れる。それにより王家と強固な繋《つな》がりを持たせる事によって結果的にその能力を独占出来る。

魔砲士は魔術師と違い、平民出身者が多い。気の荒い捕獲師《ハンター》や傭兵《ファイター》からも一目置かれる存在である彼らを身内にすることには利益しかないからだ。

「……お見事な囲い込みですね」

決死の覚悟で放ったウィーティスの嫌味。それを耳にした宰相と神官長は、そこで初めて声を出して笑った。それはどこか背筋の寒くなるような笑い方だった。

「話を理解して貰えたところでこの契約書にサインして下さい」

「契約書？」

「身代わりについてのあれこれですよ。どうぞ」

差し出された紙切れを反射的に受け取り、その文面に目を通す。

「これ……」

「報酬はウィスタリア様ご帰国の際に与える。元の生活に戻った後には適切な結婚相手を探してやろう。当然だが、口外などしたらどうなるか分かっているだろうな？」

「まぁ、薬師だから〝病死〟はないでしょうね」

神官長はなんでもない事の様に言い、宰相は肩を竦めた。

ウィーティスは強張った笑みを浮かべた。背中から一気に冷たい汗が噴き出して来た気がする。彼らは成功後の話しかしていないが、失敗だってあり得るのだ。その場合は、〝そうなる〟以外に道はないだろう。

子供の頃から自慢だった、珍しい葡萄色の髪。希少な髪色の子供は〝祝福の子〟と呼ばれる。その自慢の髪をこんなにも疎ましく思う日が来るなんて、夢にも思っていなかった。

ウィーティスは渡された契約書に視線を落とした。最下部には、魔力を帯びて淡く光る国印が捺印《なついん》されている。国印は直系の王族でなければ押せない代物だ。この契約書は間違いなく本物と言えるだろう。

だが、ウィーティスにとってはもはやどうでも良い事だった。

本物であっても偽造であっても、自分の運命は恐らく変わる事はない。ウィーティスは箇条書きで書いてある〝契約内容〟をゆっくりと読み進めていった。

『今回の密命について、生涯に渡り口外しない』

『謝礼金は五千リーブラを身代わり終了時に支払う』

『王宮内の調度品に手をつけない』

『護衛騎士に色目を使わない』

「……」

契約書には細かい決まり事がびっしりと書いてあった。だが納得出来たのは最初の方だけ。盗みだの色目だの、失礼極まりない項目の羅列にウィーティスは内心で憤慨していた。だが身分の高い者が庶民に向ける目は所詮こんなものだろう、とどこか冷めた気持ちにもなっていた。

「まぁ色々と書いてはあるが、正直な所、最初と最後さえ厳守してくれれば後はどうでも良い」

「最後？」

言われるがまま、ウィーティスは途中を全て飛ばし読み最後の文面に目を通した。

『魔砲士ゼア・ヘルバリアを絶対に愛してはいけない』


「あ……」

思わず絶句したウィーティスを見やり、宰相は当然だという様に頷く。

「何を驚く事がある？　お前はただの身代わりだ。王女と交代した時の為にも、存分に愛されて構わないが愛する事は許さない。魔砲士ゼアは、ウィスタリア様の夫《もの》だという事を忘れるな」

――そんな事は百も承知だ。ただ〝愛してはいけない〟という命令に、何となく言葉が出て来なかっただけだ。こんな、平民に意思を持つなど許されない、とでもいうような言い方。それでもウィーティスは不快な思いをひた隠しながら、ただ小さく頷いた。

「分かって、います」

「うん。では早速行こうか。急で悪いが今日から王宮に泊まって貰う。部屋に心得が置いてあるから熟読しておいてくれ。王女殿下の言葉遣いの癖や趣味嗜好《しこう》の類が書いてある。余裕があるなら、アケル王族の歴史なども学んでおいてくれ」

それだけ言うと、ウィーティスの返事を聞く事もなく話は終わった、とばかりに宰相と神官長は立ち上がった。そして店の表に向かってさっさと歩いて行く。

だがウィーティスは動く事が出来ない。あまりにも荒唐無稽な話で驚いた、というのが主な理由だが、なにより自分の薬局が心配だったのだ。

ウィーティスがついて来ない事に気づいた宰相が、振り返り急かす様に睨《にら》み付けて来る。ウィーティスは怯《ひる》みながらも、勇気を出して聞いた。

「あの、薬局はどうなるのでしょう。もう開業の挨拶なども近隣のお店にしてしまっているのですが」

その問いに、宰相は事もなげに答えた。

「あぁ、薬局の事は心配しなくて良い。城の中で薬師の資格を所持している者を代理で寄越す。その者がお前の代わりを努める」

「……わかりました。ありがとう、ございます」

ウィーティスはようやく椅子からノロノロと立ち上がり、無言で二人の後をついて歩く。一歩進む度に、訳の分からない不安が込み上げて来る。

一体自分は、どこに向かっているのだろう。その先には、一体何があるのだろうか。

その不安は、すぐに具体的な形で的中した。王宮に入ってすぐ、ウィーティスの元に第三王女アーテルが訪ねて来たのだ。王女はこの後、いつでも蘇芳に向かえるよう郊外の離宮で待機するらしい。護衛と共に現れた王女は、いきなりウィーティスの手を取り親し気に話しかけて来た。

「こんにちは。貴女がウィーティスね？　私はアーテルです」

「は、はじめまして王女殿下。ウィーティス・フォリウムと申します」

「驚いた。本当にウィスタリアと同じ葡萄色の髪だわ。でも、貴女の方がより瑞々《みずみず》しい色ね」

「恐れ入ります」

ウィーティスはひたすら恐縮する。王女アーテルは想像以上に美しい人物だった。それでいて十八歳という年齢に比べて大人びて見えるのは、やはり王族教育の賜物だろうか。

「聞いたわ、せっかくご自分のお店を持たれたばかりなのに。ウィスタリアの愚かな我儘のせいでごめんなさいね？」

「い、いいえ、そんな……」

王女の背後に立つ護衛達は総じて渋い顔をしている。王女が自ら、平民に頭を下げるのが気に食わないのだろう。アケルでは、男性王族には神官騎士が付き、女性王族には巫女《みこ》騎士が付く。その巫女騎士達からの冷たい視線を浴び、ウィーティスは身体を縮こまらせた。

「姫、そろそろ……」

「ええ、わかっているわ」

巫女騎士に急かされ、そう返事をしたもののアーテルはなかなか握った手を離そうとしない。護衛達からの視線はいよいよ、氷の刃となってウィーティスの全身に突き刺さる。居たたまれないが振り解く訳にもいかない。そう逡巡《しゅんじゅん》していると、アーテルが顔を伏せたまま小さな声で一言ポツリと呟《つぶや》いた。

「……宰相達がウィスタリアの帰国の日程を告げて来たら、隙を見てすぐに逃げるのよ？　例え五日後だと言われようが一週間後だと言われようが、その日の内に逃げなさい。そして絶対に家に帰っては駄目。残念だけど、お店は諦めるの。その足で港に行って、これを見せなさい」

アーテルは手の中に硬い何かを捻《ね》じ込んで来た。ウィーティスは王女の真剣な眼差しに気圧され、それを手の中に握り込んだ。

「あの、王女殿下、それはどういう……」

「葡萄は二房もいらないの。分かるわね？」

その言葉を理解したウィーティスの全身に、はっきりとした恐怖が宿った。

〝それ〟について考えていなくはなかった。だがこうも明確に示されると全身が恐怖で竦み上がる。

「では、私はもう行くわ。良いわねウィーティス。きちんと考えて動くのよ？　〝向こう〟は想像以上に早く動く。油断しないで」

「あ、ありがとうございます……姫様もどうか道中お気をつけて……」

――王女が出て行った途端、ウィーティスは脱力し床に崩れ落ちてしまった。

血の気が引き、冷たくなった手の中には、王女アーテルの象徴・黒桔梗《くろききょう》のブローチが握られていた

第二章　偽りの結婚

一週間後。魔砲士ゼア・ヘルバリアとの挙式の日がやって来た。ウィーティスはこの一週間、必死になって膨大な情報を頭に叩き込んでいた。記憶力には自信があったが、覚えるのはそれだけではない。王族としての基本的な所作や礼儀もたった一週間で覚えなくてはいけなかったのだ。取り敢えず、ウィーティスは結婚式でのマナーを重点的に勉強していた。

「では〝ウィスタリア様〟このお薬を」

「わかりました」

ウェディングドレスを身にまとい、翠玉《エメラルド》の髪飾りをつけて準備を万端に整えたウィーティスは、無表情のメイドから差し出された小さなガラス瓶を受け取った。そして、中に入っている薄桃色の薬を躊躇《ためら》う事なく口に含む。瓶の中身は分かっている。〝声変わり〟の魔法薬。他ならぬ、ウィーティスが自ら調合したものだ。

王女ウィスタリアとウィーティスの共通点は髪色のみ。声はウィーティスの方が少し高い。そして決定的に異なるのが瞳の色だった。ウィスタリアは赤紫色で、ウィーティスは瑠璃《るり》色。だが、ゼアは髪と肌の色しか認識出来ないと言う。だから声のみを薬で変化させる事にした。

これで最後の仕上げも終わった。後は、とりあえず今日を凌《しの》ぐ事を考えよう。部屋から出る前、ウィーティスは胸元に手を当て大きく深呼吸をした。そして今一度、自らに言い聞かせた。

上手くやらなくては。何よりも、自分自身の未来の為に。

結婚式に参列するのは王族と神官達、一部の貴族のみだと聞いていた。貴族は王家に対する忠誠心が厚い家が選ばれているのだろう。平民である魔砲士と愛妾《あいしょう》の産んだ第五王女の結婚式にしては、豪華な参列者と言えた。

「ウィスタリア様。扉が開いたら前方にお進み下さい。第一王子オルキス殿下がいらっしゃいますから、その腕に摑《つか》まってゼア様の元へ」

「わかりました」

聞くところによると、ゼアには身寄りがないらしい。だが希少な資格を持ち抜きんでた戦闘の腕前もある。今回は油断をしてしまったようだが、それでもこうして王族との結婚が進められるくらいなのだ。きっと優秀な人材なのだろう。

（……いいえ。〝便利〟で優秀な人材なのだわ）

そう鬱々と考えている内に、正面の扉が開いた。分厚いベールで顔を隠しながら進むウィーティスの前に、美しい白蘭《びゃくらん》の髪色をした若者が手を伸ばして立っていた。アケルの第一王子オルキス。怜悧《れいり》な美貌に、微かな笑みを浮かべている。

ウィーティスは密かに身体を強張らせた。アケルの国王は、代々純白の髪色を持つ者が務める。この王子は、次期国王なのだ。

「本当にウィスタリアと同じ様な髪色だな。だが、お前の方が美しい色をしている」

ポツリと呟《つぶや》かれた感嘆の声にも、嬉《うれ》しいどころか逆に身が竦む思いがした。

自分を面倒事に巻き込んでくれた王族の顔など見たくもないし言葉だって交わしたくない。ウィーティスは王子の顔を直視しない様に注意しながら、差し出された手にゆっくりと己の手を重ねた。

王子に手を引かれながら、祭壇の方に進み出る。ベール越しに様子を窺《うかが》うと、祭壇付近に背の高い青年が立っているのが見えた。あれが、魔砲士ゼア・ヘルバリア。

〝夫〟の姿を確認した途端、ウィーティスの全身に緊張が走った。

（大丈夫。落ち着いて、落ち着いて……）

祭壇の手前で王子オルキスは手を離し、後方へと下がった。ウィーティスは不安に包まれたまま、青年の元に歩み寄る。そして、そっと顔をあげた。

――長身だが姿勢が良い。そして柔らかな笑みを湛《たた》えた穏やかな容貌。玉蜀黍《トウモロコシ》色の髪は少し長目でこめかみの位置から三つ編みにされていた。それには葡萄色の飾り紐《ひも》が編み込まれている。そして瞳は透き通る様な薄緑。呪弾で目をやられたと聞いていたが、特に濁りなどは見られなかった。

「ゼア・ヘルバリアと申します」

片膝をつき、頭《こうべ》を垂れる見目麗しい青年を前に、ウィーティスはビキリと固まっていた。

「……ウィスタリアです。この度は大変な功績をあげられたそうですね」

「恐れ入ります」

何とか最初の口上は噛《か》まずに言えた。だが内心の動揺は収まっていない。

（待って、ゼア様ってこんなに綺麗《きれい》な人だったの……!?）

もちろん、いくら戦場で武勲をあげたとは言え王女の夫に望まれるくらいの人物だ。さぞかし優れた容姿なのだろうと思ってはいた。けれど、もっと逞《たくま》しくて頼りがいのある、物語の騎士の様な容貌を想像していた。目の前の儚《はかな》げな美貌の青年は巨大な銃を易々と扱う魔砲士というよりも、どちらかといえば杖や本が武器の魔術師に見える。

（うーん、確かに綺麗だけど、でも何だか弱そうだわ……）

ウィーティスは失礼極まりない事を考えながら、片手を差し出した。ゼアはその手の甲にそっと口づけを落とし、上目遣いでウィーティスを見上げた。長い睫毛《まつげ》が、緑の瞳に色気のある影を落としている。不覚にも、胸がドクンと高鳴った。

（な、何、このあざとい仕草は……！）

ヒク、と口元を引き攣《つ》らせながらもかろうじて笑顔を浮かべ、不自然にならないよう細心の注意を払いながら手を引く。そして未だ跪《ひざまず》いたままのゼアに立ち上がるよう促した。

「ゼア様、どうぞお立ちになって下さい」

「ありがとうございます」

ウィーティスは優雅に一礼をし、立ち上がる魔砲士をじっと観察していた。

そして微かに頷く。少々頼りない感じはするものの、これだけの美貌を持っているのだ。もしかしたら第五王女も将軍令息への想いを封じ込める事が出来るかもしれない。

恐らく、この身代わり期間はそう長くはならないのではないだろうか。それまでは頑張ってゼアに愛され、事が決した時にはアーテル王女の助言に従いさっさと逃亡すれば良い。開業資金は勿体ないが、命には代えられない。

ウィーティスは何とか楽観的に考えようと、自らに必死になって言い聞かせていた。

ゼアとウィーティスは祭壇に向かって並び立った。神官長の宣言は、うんざりするほど長い。それがようやく終わり、やっと二人で婚姻証明書にサインをする段階になった。

二人の前で、神官長は手にした包みをそっと開ける。中には、二本の羽根ペンが入っていた。色鮮やかな孔雀《くじゃく》の羽根と、純白の白鳥の羽根。

そしてゼアには孔雀の羽根ペンを、ウィーティスには白鳥の羽根ペンをそれぞれ渡して来た。

「……なぜ、別々の羽根ペンを?」

隣でボソリと呟かれた言葉に、ウィーティスは思わず口元を押さえた。

一週間では筆跡まで合わせる事が出来なかったのだ。だからウィーティスには、後で本物のウィスタリアがサインを上書き出来る様に時間が経つと消えるインクがついた羽根ペ

ンが渡される事になっていた。

　本来は、一つの羽根ペンを新郎新婦が順番に使って書くのだ。

「王族の婚姻時は、夫と妻は別々の羽根ペンを使うのですよ。平民の貴方はご存知ないと思いますが」

「なるほど、そうですか。無知をお詫《わ》び致します。大変失礼を致しました」

　神官長の冷たい言葉にも、ゼアは気にした様子もなくむしろ照れた様に笑っている。

　その顔を見た途端、ウィスタリアの胸が再び大きく弾んだ。次いで、頬に熱が集まって行くのがわかった。

　気を取り直したようにサラサラとサインを書くゼアを見ながら、ウィーティスは落ち着こうと必死に深呼吸をした。そんなウィーティスに、神官長の氷の様な視線が突き刺さる。

　ウィーティスは大丈夫というように軽く頷いて見せながら、ゼアに続いて『王女』の名前を記入していった。


　結婚式は滞りなく終わった。祝賀パーティーへの出席は『第五王女がお疲れでいらっしゃるから』という理由で回避された。ウィーティスはそれに対しても冷めた思いを抱いていた。理由などつけずとも、ウィーティスが身代わりだという事は列席者の間では周知の事実だというのに。

　だが、ゼアに不審を抱かせない為にもそう言うしかなかったのだろう。

そしてウィーティスは屋敷に戻るや否や、全身を磨き上げられた。手伝ってくれたのは、挙式前に薬を差し出してくれたあの無表情なメイドだった。

「どうぞ、しっかりお務めを果たして下さいませ」

「はい……」

か細く返事をするウィーティスに目もくれず、メイドはさっさといなくなってしまった。


そして迎えた初夜の寝所で、ウィーティスは夫であるゼアを待ち受けていた。寝所の窓際には、ウィスタリアの象徴である『藤霞《ふじかすみ》』が大きな花瓶に生けられている。

二人の暮らす屋敷は、もう一つの褒賞としてゼアに与えられたものだった。名のある貴族家と同等の広大な敷地に大きな家屋。その寝室に置いてあるベッドは、それに相応しく大の大人が数人寝られそうなほど大きなものだった。

「はぁ……。やっぱり初夜《これ》は回避出来ないわよね……」

ウィーティスは、己の発した言葉が空々しいものである事に気づいていた。胸の中に渦巻く戸惑いが消えない。結婚式の場であの無邪気な笑顔を見てからずっと、何度振り払っても消えない雑念が澱《おり》のように胸の奥底に沈んでいる。それは、認めたくないが『期待』だという事にウィーティスは気づいていた。

「馬鹿ね、何を考えているの、私ったら。あの方は王女様の旦那様。それに、私の事はウィスタリア王女様だと思っているのだから、それになりきらなきゃ」

今夜、魔砲士ゼアが抱くのは王女ウィスタリア。薬師ウィーティスはこの場にはいない。必死でそう言い聞かせながら、葡萄色の髪を弄って気を紛らわせる。そうこうしている内に、寝室の扉が開く音が聞こえた。

ウィーティスの身体に、にわかに緊張が走る。

「……姫？」

穏やかな、それでいてどこか遠慮を感じさせる声。少し掠《かす》れている様に聞こえる。

「すみません、お待たせしました。ちょっと色々と考えてしまいまして」

魔砲士は人差し指で頬を掻《か》きながら、またもや照れた様に笑う。ウィーティスは思わずクスッと笑った。

「隣に座っても？」

「もちろんですわ、旦那様」

ウィーティスは少し身体を動かし、隣に来るよう促した。ゼアは曖昧《あいまい》な表情を浮かべたまま、ベッドにひょいと上がりウィーティスの横に座る。近くに来ると薄手の夜着を通してしなやかな筋肉の存在が感じられ、ウィーティスは慌てて目を逸らした。

（か、顔が綺麗でも身体はやっぱり男の人なのよね……）

覚悟を決め、ゼアの方に身を寄せた時にふと気づいた。今、ゼアは『色々と考えていた』と言った。それは一体、何を考えていたというのだろう。

「あの……」

「はい？」

「何を、考えていらしたのですか？」

穏やかに微笑みながら、首を傾げていたゼアの動きがピタリと止まった。その顔には、己の失言を悔いる表情が浮かんでいる。まさか、身代わりがばれてしまったのだろうか。

「……姫の髪は、本当に美しい葡萄色ですね」

「え？　ええ、どうもありがとう」

「……噂《うわさ》で聞いていた以上です」

（噂？）

ウィーティスは唐突に発せられたその言葉に、少し引っかかるものを感じた。彼は武勲に応じた褒賞として王女との結婚がまとまったはずだ。その時に「葡萄色の髪」という情報を得たのではないのか。

「噂、とは……？」

ゼアはそれまでの優しい笑みを崩し、微かに苦い表情を浮かべた。

「……魔砲士になる為の専門機関は限られているので、そこには各国の魔砲士の卵が集まります。だから私達は世界中に知り合いがいるのです。もちろん蘇芳にも。……姫との結婚を伝えられた後、たまたまその知り合いに会う機会がありました。その時に彼はこう言っていた。〝ウィスタリア王女は留学して来た時から、黒鳶《くろとび》様ととても仲睦まじい〟と」

そう言った後、魔砲士は困ったように笑っていた。『黒鳶』とは恐らく皇軍大将の息子だろう。その全く予想していなかった言葉に、ウィーティスはただその顔を見つめる事しか出来なかった。それを、ゼアは肯定と受け取ったらしい。口元に曖昧な笑みを浮かべたまま、そっと顔を俯《うつむ》けていた。

「……ウィスタリア様。私などに気を使って頂かなくともよろしいのですよ？　私は褒賞の為に戦った訳ではありません。あれはあくまでも仕事です。それに、今回の霊銃の件については完全に私の失策ですから」

申し訳なさそうに呟《つぶや》く魔砲士の手を、ウィーティスは思わず握り締めた。同情でもなく、身代わりへの使命感でもない。ただ、そうしたいと思った。ひょっとしたらそれは、利用される者同士の仲間意識だったのかもしれない。

「ゼア様。私の事は〝ウィスタリア〟とお呼び下さい。それと、そんなにかしこまった話し方をなさらなくてもよろしいですわ。私達は……夫婦、なのですから」

ウィーティスは手を握ったまま、〝夫〟の顔を見つめた。

ゼアは戸惑った様にウィーティスの顔を見つめ返す。寝室の中に、息苦しいほどの沈黙が満ちて行く。やがてウィーティスの身体は、おずおずと伸ばされた腕の中にすっぽりと包み込まれて行った。

ゼアはウィーティスを抱き締めたまま、優しくベッドに押し倒した。緊張に強張るウィーティスを宥《なだ》めるように、頬に軽くキスを落とす。

「あ、あの……」

「大丈夫。痛い事は絶対にしないから。僕に任せてくれる？」

「は、はい……」

『私』から『僕』に変わった。それに、口調も砕けて来た。ウィーティスはそんな『夫』の変化に、再び頬に熱が集まるのを感じていた。

「力を抜いて。足を少し開ける？」

ウィーティスはコクリと頷きながら、恐る恐る両足を開いた。太腿《ふともも》の辺りに骨張った指がスルリと滑り込んで来る。片手でウィーティスを抱き締めたまま、もう片方の手を違和感なく夜着の間に滑り込ませて来る手管に、ゼアが女性の扱いに慣れている事を感じさせられた。

（まぁ、これだけのお顔ですものね……）

何となく面白くない気分になり、思わずプイと顔を背けた。そして直後に自己嫌悪に陥る。嫉妬じみた真似をする権利など、自分にありはしないのに。

「ん、姫？　どうしたの？　今日は止めておく？」

気遣わし気なゼアの声に、ウィーティスは一気に我に返った。いけない。今夜は確実に遂行しなければならない任務がある。初夜を無事に済ませ、本物の王女の失態を誤魔化すという大事な任務が。

「いえ！　いえ大丈夫です。ごめんなさい、慣れてなくて」

ウィーティスは慌てて否定をした。ここで手を止められたら困るのだ。

「……僕が今はっきりと認識出来るのは、姫の髪の色だけ。肌の色はぼんやりと分かるくらいで瞳の色は全く分からない。そんな曖昧な視界なのに、貴女がとても可愛らしい方だというのは分かるよ」

ゼアの穏やかな声が耳元に響く。ウィーティスは不意に、泣きたくなる様な感情に襲われた。今、ゼアは『可愛いらしい』と言った。けれどそれは王女ウィスタリアに対してなのだ。間違っても、ウィーティス・フォリウムに対してではない。

（だめだめ。勘違いしてはいけないわ）

それでも、高鳴る胸は止められない。大体、学生時代は勉強に明け暮れ、故郷に帰って来てからは開業準備に没頭していた。男と付き合う余裕も暇もなかった。男性免疫のない自分が、こんなに顔が良くて優しい男性に甘やかされたら、恋に落ちるなという方が難しい。命がかかっているから何とか理性を失わずに済んでいるものの、自分は果たして何事もなく身代わりを終える事が出来るだろうか。

「……ウィスタリア」

「は、はい」

「僕を映している、貴女の瞳が見てみたい。こんなに近くで覗《のぞ》き込んでいるのに、識別出来ないなんて悔しいな」

ゼアはそう甘く囁《ささや》く合間に、ちゅ、ちゅ、と胸元を吸いあげて行く。同時に下着の端か

ら、中に指をゆっくりと進ませて来た。指の行き先を悟ったウィーティスを、激しい羞恥が襲う。それでも足を閉じてはならないと自分に言い聞かせ、恥ずかしさと居たたまれなさに必死に耐えていた。

「ほら、教えて葡萄色の姫。貴女の瞳はどんな色をしているの？」

「あ、赤紫色、です……っ……ぁっ」

何とか王女の目の色を答える事が出来た。言い終えた後、長い指がツプリと中に差し込まれていく。その瞬間、ウィーティスは大きく背を跳ねさせた。指はそのまま奥に進んで行く事なく、ゆるゆると潤み始めた秘裂の浅い部分をくすぐる様に往復している。

「あっ……はぅっ……」

「そう、赤紫なのか。髪は葡萄色で、瞳は葡萄酒の色なんだね。早く貴女の全てを見てみたいな。後少しだけ我慢すれば、可愛い貴女の全てが見られるんだけど」

「後、少し……？　ひぁっ⁉」

蜜を吐き出す割れ目を撫《な》でていた指が、硬くなった陰核を捉えそれをグリリと押し潰した。途端に背筋が痺《しび》れるような感覚に襲われる。ウィーティスはひたすら首を横に振り、未知の感覚から逃れようと試みていた。

「怖い？　大丈夫だから力を抜いてウィスタリア。全部僕に委ねて。怖がらないで、気持ち良くなるだけだから」

「やっ！　あっ！　あぅ……っ」

「フフ、敏感だね。指だと少し感じ過ぎるのかな？　じゃあ、舐めてあげるね？」

「え、な、舐め……っ⁉」

信じられない台詞に、ウィーティスは顔を青褪《あおざ》めさせた。想像をした事もないが、今の状況では何処を舐められるのかはさすがに分かる。少し強めに触られただけで身体の震えが止まらないのに、舐められたりなどしたらきっと自分はおかしくなってしまう。

「いやっ……！　待って……！　やぁぁっ！」

先ほど少々乱暴に押し潰された部分に、温かく滑《ぬめ》った舌が絡みついて行く。尖《とが》らせた舌でクリクリと陰核を転がされ、唇に挟んで吸い上げられ、上下の歯で軽く扱かれていく度に、ウィーティスの腰は意思に反して上下にガクガクとはしたなく動いた。

快楽から逃れたかったはずなのに、いつしかもたらされる快感を拾う事だけに夢中になっていく。

愛撫《あいぶ》というには激し過ぎるそれを続けられる内に、身体の奥から心配になるくらいに温かい何かがトロトロと溢《あふ》れ出して行く。それと共に、部屋中に響き渡る恥ずかしい水音。ウィーティスは無意識にゼアにしがみつき、ぎゅうぎゅうと腰を押し付けていた。

「……可愛い、こんなにも淫らに腰を動かして。僕で気持ち良くなってくれたなら良かった。貴女の可愛い反応をずっと確かめていたいけど、もう辛いだろうからイカせてあげる」

優しく囁かれる、穏やかな声。それに一瞬気を許した瞬間、硬くなった陰核に強めに歯を当てられた。同時に、体内を長い指で深く抉《えぐ》られる。

「んやぁぁぁっ！　あーっ！」

　敏感になり過ぎている部分に対する無慈悲な仕打ち。ウィーティスは一際甲高い悲鳴を上げながら、腰を激しく震わせた。足の間から、プシュプシュと温かい液体が飛び散って行く。それでもゼアは、舌と指を動かすのを止めてくれない。ウィーティスはまるでばね仕掛けの人形にでもなったかのように、身体の痙攣《けいれん》を抑える事が出来なくなっていた。上げる悲鳴は、もはや声になっていない。

　全身を強張らせ、足先をピンと突っ張らせた後、ウィーティスの身体からゆるゆると力が抜けて行く。

「フフ、とっても可愛くイケたねウィスタリア。うん、上手」

（ウィスタリア……。そう、貴方に気持ち良くさせられて、貴方を喜ばせたのは私じゃない……）

　荒い呼吸を繰り返すウィーティスの瞳から、涙が一粒零れ落ちた。

　それを指先で拭うゼアが少し寂し気な顔をしている事に気づかないまま、ウィーティスはゆっくりと意識を失っていった。


　ウィーティスは上空を飛んでいた。何をするでもなく、ふわふわと空を漂っている。ふと、下を見下ろした。何やら騒がしい雰囲気がする。目を凝らすと、港に向かって走る葡萄色の髪の女が見えた。手にやたら荷物を持ち、疾走するその姿は周囲の視線を一身に浴びている。女から少し離れた所で、街人にしては鋭過ぎる眼差しの男達が二、三人、一定の距離を保ちながらその後を追っていた。

（馬鹿ね。そんな目立つ格好で、そんなに荷物を持っていたらばれてしまうし、捕まるに決まっているじゃない）

案の定、女は船着き場に行く直前で葡萄色の髪を掴まれ地面に引き倒されていた。そして手際よく麻袋に詰めこまれ、いずこへともなく連れ去られて行った。

「は……っ⁉」

心臓が激しく波打っている。夢を見ていたのは分かったけれど、いつの間に自分は眠ってしまっていたのだろう。

「ウィスタリア？　大丈夫？」

「え？　あ、わ、私……！」

耳に聞こえる柔らかな声に、ウィーティスは一瞬にして我に返りそして即座に青褪《あおざ》めた。そうだ。自分は今、大事な初夜の最中だったのだ。

「も、申し訳ありませんゼア様。私……！」

ゼアは隣に寄り添い、ウィーティスを抱き締めたままずっと髪を撫でてくれていた。その穏やかで美しい顔には、怒りや呆《あき》れなどは一切見られなかった。

「ごめん、優しくしたつもりだったんだけど……ちょっと激しかったかな」

「あ、い、いいえ私こそ……」

困った様に笑うゼアの前で、ウィーティスは焦りと恥で狼狽《うろた》えていた。いくら未知の快楽に翻弄されたからと言っても、夢中になって快楽を貪って一人だけ気持ち良くなり、勝手に達した挙句に気を失ってしまうなんて。

「今日はここまでにしておこうか」

「え!? いえ、私はもう大丈夫です! 大丈夫ですから、その……」

続きをして欲しい、とは言い出せず、ウィーティスは口籠る。そんなウィーティスの頬に、大きな手がそっと添えられる。ゼアは優しい眼差しで、戸惑うウィーティスを見つめていた。

「大丈夫、気にしないで。今日は元々最後までするつもりはなかったから」

「ど、どうしてですか?」

ゼアは親指でウィーティスの頬を撫でる。その指の感触が心地良く、無意識にその手に頬をすり寄せていた。

「……今回の結婚は、貴女にとっては不本意だったよね。僕も最初は戸惑っていた。ウィスタリア王女には会った事もないんだ。いくら名誉な事だとしても、顔も知らない相手と結婚するなんて、と思っていた。それを遠回しに訴えたお陰で顔合わせを執り行って貰える事になったけど、結局会えなかった。〝体調不良〟と聞かされたけど、本当は僕と会うのが嫌だったんだろう?」

「いいえ、違います! その時は本当に体調が悪くて帰国出来なかったのです!」

ウィーティスは頰を触れる手に己の手を重ね、懸命に否定した。真実はゼアの言う通りではあるが、それを認める訳にはいかない。本物のウィスタリアの為にも、ここで何とか疑いを晴らしておかなければ。

（……本当に王女様の為？　いいえ、違うわ。私は――）

――ゼアを、傷つけたくなかった。王女もゼアも、国の思惑に翻弄されているのは間違いない。けれど、『縁あって結ばれた』のだと、彼に思って欲しかった。

「そうか。それなら良かった。今日、貴女に初めて会った時、とても温かい雰囲気を感じた。その瞬間、この人となら一生を共に出来る、と思ったんだ。顔もはっきり分からないのに、そんな風に思うなんて変だと思う？　でも本気でそう感じた。僕が貴方の運命であったら良いのに、って」

「ゼア様……」

ウィーティスは重ねた手に、力を籠めた。

ゼアのその言葉に、自分が驚くほど傷ついているのが分かった。

ええ、おっしゃる通りです、ゼア様。貴方の運命の相手はウィスタリア王女。顔も分からないのに惹《ひ》かれたのは、きっとそういう事なのでしょう。葡萄色の髪はともかく、可愛いと褒めて下さった声も纏《まと》う『藤霞』の香りも、全ては王女様のものなのだから。

そこまで考えた後、ウィーティスは添えられた手を振り払いゼアの胸に飛び込んだ。

この瞬間、任務の事は頭の中から抜け落ちていた。王女の身代わりだとしても、自分だけは自分がウィーティス・フォリウムだという事を分かっている。身代わりとしてでも構わない。自分が自分でいられる内に、最後まで抱いて欲しかった。

「お願いですゼア様。お願いですから、このまきちんと妻にして下さい」

けれど、ウィーティスの頭上に落ちて来たのは期待していた甘い口づけではなく、微かな溜息だった。

「……姫。僕は貴女と本当の夫婦になりたい。だから事を性急に進めたくないんだ。心配しないで？　僕の目は三月《みつき》もしない内に元に戻るはずだから。僕はちゃんと貴女の顔を見ながら一つになりたい。だから今夜は、お互いをもっと知り合う時間にしよう。眠くなるまで。ね？」

ゼアの胸に取り縋《すが》っていたウィーティスは、その言葉を聞いた途端、冷水を一気に浴びた様な心持ちになった。ゼアの両目があと三ヶ月で元に戻る？　それは一体、どういう事なのだろうか。

「ゼア様、三月で元に戻る、とは……？」

「うん。僕に呪弾《じゅだん》を撃ち込んでくれた霊銃、実は二丁あってね、彼らは兄弟銃だったんだ。それで二丁を引き離さない事を条件に、結婚式の直前で何とか契約が出来た。ちょっと色々あるから報告はまだしていないけどね。〝呪弾〟の名の通り、呪いを弾丸型に具現化したものだから、本来は死ぬか解呪師に解いて貰うかしないと呪いは外れない。けど今回は呪いをかけて来た当の相手と契約したからね。何もしなくても大体その位の期間で解呪される」

ウィーティスは震える冷たい指先を、胸の前で握り込んだ。

身代わりに、明確な期限がついてしまった。それは良いとしても、たった三ヶ月でウィスタリア王女を連れ戻し、アーテル王女の婚約を調えたりする事など出来るのだろうか。

（……そんな事よりも）

この優しい人と共にいられるのは、後三ヶ月だけ。その後は、自分は何もかも捨てて一心不乱に逃げなくてはならない。故郷も、夢だった自分の店も。故郷はまだ良い。生まれた、というだけで育ったのは異国の地だから。店も、また一からやり直せば良い。

けれど、ゼアに対する柔らかな想い。まだはっきりと形になっていないそれを捨てなければならない事が、なぜか途轍もなく哀しかった。

「三ヶ月で目が治るなんて嬉しい。分かりましたわ、ゼア様。今日はお話をしましょう。私も貴方の事がもっと知りたいですもの」

ウィーティスは胸に過《よぎ》った感傷を振り払った。元より自分は王女の身代わり。どんなに夢を描いた所で、結ばれるはずのない相手なのだ。ならば、己の役割を果たすだけ。

本物の王女の為に、少しでも情報を集めておこう。そうすれば、有無を言わさず消されるなんて事はないかもしれない。

「ゼア様はなぜ魔砲士になろうと思われたの？」

〝夫〟の腕に抱かれたまま、ウィーティスは甘えた声を出して見せた。己を抱き締める腕にほんの少し力が籠ったのを感じながら、そっと上目づかいで見上げる。

「そうだね、じゃあせっかくだから最初から話そうか。僕は子供の頃に母親が病気で亡くなってから、ずっと父親と二人暮らしをしていた。父は飛空艇の操縦士だったから家にはあまりいなかったけど、僕は幸せだったよ。けどその父も二十年前、僕が八歳の時に亡くなった」

「……ご病気、ですか？」

「いや」

ゼアはそこで苦しそうに顔を歪《ゆが》めた。

「シーニーまでの定期便に搭乗していた時、嵐に遭い飛空艇ごと墜落をした。未だに遺体は見つかっていない」

「そんな……」

二十年前といえばちょうどウィーティスが生まれた年だ。その飛空艇の墜落事故など知る訳はない。だが、ゼアのたった一人の家族が奪われたと聞いただけで、その事実に胸がひどく痛んだ。

「他に親戚がいるのかどうかも分からなかったから、父を失った後は施設に入った。施設に入る時には魔力暴走を未然に防ぐ為に魔力測定が行われる。その時に測った魔力値がかなり高かったから、僕は魔術師向きだと言われた。けど、魔術師は家柄や家庭環境が大事だろう？　だから施設長の勧めで魔砲士の学校に入学した。一定の成績で学費は無料になるのだけど、訓練も試験も尋常じゃなく難しくてね、すごく辛かったよ」

辛かった、と言いながらもその声音は穏やかだった。以前、〝世界中に知り合いがいる〟と言っていたように、辛くとも志を同じくする仲間達と支え合って来たのだろう。

知識や調合の腕前を競い、手に入れた情報は己のみの胸の内にしまいこみ、周囲が全員ライバルといった考えの薬師学校とは随分と違う。

「でも、今はそれで良かったと思っている。魔砲士は面倒な手続きをしなくても、紋章《エンブレム》を見せるだけで国境を越えられるからね。時間が出来る度に、シーニーに行っては父を探しているんだ」

「ゼア様……」

一瞬、ゼアは泣き出しそうな顔になった。それを見たウィーティスは、慌てて話を逸らそうと試みる。

「そ、そう言えば魔砲士の使う霊銃はとても大きいですよね。よくあんな大きな銃を軽々扱えるなと、感心します」

ウィーティスはそう言いながら、自らを抱き締める腕を見た。程よく筋肉のついた、男らしい腕。それでも、巨大な物が多い霊銃を扱うには不釣り合いに見える。

「あぁ、良く言われるけど相性が合えば重量は感じないんだよ」

「そうなのですか……。そう言えば、霊銃には神銃と魔銃がございますよね？　両者の違いって何なのですか？」

一般的には『祝福の神銃』『呪いの魔銃』と呼ばれている。だが、霊銃にはそれを扱う魔砲士にすらまだまだ知られていない秘密があると言われている。魔砲士以外の人間はもっと何も知らないだろう。

「んー、ごめん。そこは教えられない。ただ、ランクが高い銃はそれなりの事が出来るしそれなりの制約があるって事だけ教えてあげる」

「まぁ、肝心な部分を教えてくれないのですね」

そこが聞きたかったのに、とウィーティスは頰を膨らませた。ゼアはクスッと笑い声をたてた後、背後から首筋に優しく口づけて来た。

「じゃあこれだけは教えてあげる。今、僕が持っているのは『魔銃アスピス』。ランクはそんなに高くないけど、毒の魔力を秘めた『腐食弾』が使える。今回も、相手が兄弟銃だと分かっていればちゃんと勝てたんだよ？」

ゼアは悪戯っ子のような笑みを浮かべながら言った。そんなゼアの姿に、ウィーティスは声を出して笑った。

ウィーティスは『第五王女ウィスタリア』として、これまでの人生を話して聞かせた。だが全て、書いてあった通りの事だけを述べただけだ。そんな事とは知らないゼアは、興味深そうに聞いている。王族は一般人とは生活が全く違う。話をしているウィーティスでさえも、情報を頭に叩き込んでいる時にはまるで物語を読んでいるような気分になったものだった。

「……やっぱり、僕みたいな庶民とは生活から何から、色々とかけ離れているね。今更だけどウィスタリア、本当に僕の奥さんで良いの？　もちろん、キミに不自由なんてさせるつもりはないけど……」

おずおずと言われ、ウィーティスはゆるゆると首を横に振った。

「いいえゼア様。私は貴方が良いのです」

そうきっぱりと告げた直後、より一層の強い力で抱き締められた。次いで肩口に頭を乗せられる。ゼアの柔らかな玉蜀黍色の髪が、ふわふわとウィーティスの頬をくすぐった。

「……その言葉を聞いて安心した。ありがとうウィスタリア。さぁ、もうそろそろ寝ようか。夜は今日だけじゃないし、話は明日も出来るからね」

「はい、ゼア様」

ウィーティスは素直に頷く。ゼアはウィーティスを抱き締めたまま、寝台に横になった。初夜を済ませていないのにも関わらず、ウィーティスはどこか満ち足りた気持ちになっていた。ゼアの温かな体温に包まれている内に、急速に眠気が襲ってくる。

『貴方が良いのです』

思わず口から出てしまった言葉。それは王女ウィスタリアではなく、薬師ウィーティスの偽らざる真実の言葉だった。

ゼアは眠ってしまった妻の髪をさらりと一撫でし、起こさない様に細心の注意を払いながら上体を起こした。そろそろとベッドから降りながら、ポツリと小さく呟いた。

「これ、いつまで我慢出来るかなぁ……」

薄手の夜着を押し上げ、勃《た》ちあがった己の分身を見ながらゼアは溜息を吐く。

こんなみっともない姿をこの愛らしい王女に見られなくて良かった、という思いと、変に格好をつけず一思いに抱いてしまいたいという欲望が胸の奥でせめぎ合っている。

王族なんて、もっと非常識で高慢だと思っていたのに、まさかこんな素直で可愛らしい人がいるなんて思いもよらなかった。それに、霊銃に『神銃』と『魔銃』が存在する事を知っているのには正直驚いた。神殿関係以外では特定の専門職に就くなどして魔砲士と接触する機会がある者くらいしか知らないはずなのに。

結婚する羽目になった男が魔砲士と聞いて、わざわざ勉強をしてくれたのだろうか。

そうであったら嬉しいのに、とゼアは密かに願っていた。


翌朝。目が覚めたウィーティスは隣にゼアがいない事に気づいた。

そっとシーツに触れてみる。温もりは一切感じられない。

「冷たい……。こんなに朝早くからお仕事……?」

側にいてくれなかった事に少し寂しい気持ちがある。けれど一方でどこか安堵《あんど》もしていた。目覚めた時にあの穏やかな顔で微笑まれでもしたら、ますます離れがたくなってしまう。生まれ故郷も夢も、身代わりを引き受けざるを得なくなった時に置いて行く覚悟は決めた。けれど、この生まれたての柔らかな恋心までも置いていかなければならないと思うと悲しみが湧いて来る。もちろん、胸の内でこの想いを温めていた所で、どうなるものでもないのは分かっているけれど。

「身代わり、本当に断る手段はなかったのかしら……私はもっと考えるべきだったのではないかしら……？」

ウィーティスはここにきて初めて、『後悔』という感情に苛まれていた。


「おはようございます、奥様」

ウィーティスはベッドから下りつつ遠慮のない大欠伸《おおあくび》をしていた。それに合わせたかのように、涼やかな声と共にメイドが一人入って来た。平民のゼアの妻になった時に『ウィスタリア』は王籍から抜けている。

けれど、この大きな屋敷に見合うだけの十分な数の人数が使用人として配属されていた。『元王女』のウィスタリアに配慮したものなのだろう。

庶民のウィーティスからしてみれば、髪を編むのもその日に着るドレスを選ぶのも全部メイド任せなど考えられない。だが本物のウィスタリアが来るまではこの生活に耐えなければならない。

「おはよぉ、ございまふ……」

両手を伸ばし、大きく伸びをしながら返事を返す。

「……〝ございます〟は必要ありませんわ、奥様。それに、ウィスタリア様はあくびをしながらお話をなさったり致しません」

即座に感情の籠らない声で返され、ウィーティスは膨れっ面でそれに応じる。

「そんなに冷たく言わなくても良いじゃない……」

『身代わり』が始まった時から教育係として側についていたこのメイド。結婚式の日も昨日の初夜の準備の時も、常に無表情で愛想がない。

そしてふと思った。彼女は何という名前なのだろう。

「ねぇ、あなたのお名前は？」

「ロサと申します。そんな事よりも、旦那様の事をお気になさって下さいまし。旦那様は朝早くから王城へ向かわれました。結婚の儀が滞りなく終わった事の報告でございます」

「あ、そ、そうですか。どうも……」

実際は初夜を済ませていないのだから滞りなく終わってはいない。だが、ゼアはそう報告する事を選択したのだろう。それよりも、と目の前に立つ無表情のメイド、ロサを見つめた。教育期間中は色々必死で、側付きのメイドの名前を聞く余裕すらなかった。

あまり親しくする必要はないかもしれないが、真実を知るメイドの補佐は欠かせない。

これからは適度に接触をはかっていこう。そんな風に思うウィーティスに、ロサはまたもや辛辣な言葉をぶつけて来る。

「〝どうも〟も必要ありません。言葉遣いや態度には十分お気を付けください。生まれ持った気品はどうしようもないですが、ご自分を売れっ子の舞台女優とでも思って頑張って頂かないと困ります」

「あ、はい。ごめんなさい」

「謝らなくて結構です」

「わ、わかったわよ」

ロサは満足げに頷き、ウィーティスを鏡台の前に誘った。髪を編んでくれるのだろう。

その手には櫛《くし》と飾り紐が握られている。そして大人しく座ったウィーティスの葡萄色の髪を一房手に取り、緑の飾り紐と共に編み込みを始めた。

ウィーティスは手際よく髪を編むロサの顔を、じっと鏡越しに見つめる。視線を感じたのか、ロサがふと顔を上げウィーティスを見つめ返した。

「……何か？」

「あの、一度私の薬局に戻ったらいけませんか？」

「ですから言葉遣い。……無理ですね」

「どうして？　私は言わば平民になったのでしょ？　街に買い物に行くついでにお店に寄るくらい良いじゃない」

ロサは呆れた様に溜息を吐きながら首を横に振った。

「そうですね、貴女が本物のウィスタリア様なら許されます。けれど、身代わりの貴女がふらふら街に出て行ってどうするのです。貴女を〝葡萄色の姫〟として認識しているのはゼア様のみ。他の人間にとっては、貴女は〝薬師ウィーティス〟以外の何者でもない。特に薬局の周辺なんて、挨拶回りに行ったりしているでしょう。駄目に決まっているではないですか」

にべもなく言われ、ウィーティスは頬を膨らませた。言いたい事は分かるがまるでウィーティス自身には無価値な様な物言いにカチンと来る。

（……まぁ、王女様と比較する方が間違いなのだけどね）

「じゃあ誰か別の人に行って貰う事は出来ます？　店から持って来て欲しいものがあるんです」

「それは可能ですが、一体何をお持ちすればよろしいのでございますか？」

至極当然の疑問に対し、ウィーティスは本心を隠しながらさり気なく答えた。王宮仕えのメイドがこの屋敷に居る意味。普通に考えれば、ウィーティスの補助の為に派遣されたと思うべきだろう。だが、第三王女の〝忠告〟を聞いた今、その存在は見張りの為としか思えない。出来るだけ心を許さない方が良い。

「『声変わり』の薬は一種の毒薬の様なものです。だから解毒剤を飲まない限り、声は元には戻らない。けれど、万が一という事もありますから予備の材料をお店から持って来ておきたいのです」

「左様でございますか。では、持って来て欲しいものを紙に書いておいて貰えますか？

後で使いの者をやりますから」

　ロサは納得した様な顔で頷き、再び髪を丁寧に編み始める。ウィーティスは安堵すると同時に、胃の中に冷たい氷が落ちて行く感覚に襲われた。

（使いの者をやる、か。〝持って来させます〟ではないのね）

　――予想はしていた。宰相は「店には薬師免許の所持者を代理で行かせる」と言っていたが、いずれ消すつもりのウィーティスの為にわざわざそんな事をする筈がない。

　まだ正式に開店していないのを良い事に、きっと店は今でも無人のままだ。事が終わった時には、ウィーティスもろとも店をなかった事にするつもりなのだろう。周囲の人々は初めこそ不審に思うかもしれないが、商売が直前で破綻する事などざらにある。直ぐに忘れ去られてしまうに違いない。

　だが、今回はそれが功を奏した。もし本当に薬局に代理人が居たら、今回ウィーティスが取り寄せる薬品類について疑問に思われる可能性が高い。薬品以外のものも何品か持って来て貰うよう頼むつもりだが、そちらの方も尤《もっと》もらしい言い訳を使えば疑われる事はないだろう。

「出来ましたわ、奥様。では、次は――」

　取り出されるドレスやアクセサリー類を適当に指差しながら、ウィーティスは『その後』の事について、一人懸命に考えていた。

魔砲士ゼアは、朝早くから城に登城していた。結婚式の直前、神官長から式の翌日には城へ来る様に言われていたからだ。ゼアの足取りは重い。神殿ではなく、わざわざ王宮に来る様に言われたという事は、これから自分が対峙するのは『神官長』ではなく『国の思惑』なのだろう。

「ウィスタリア、今頃なにをしているのかなぁ。起こすと可哀そうだからそっと出て来ちゃったけど、寂しがっていないと良いな」

屋敷に残して来た、結婚したばかりの愛らしい妻。

胸元までの葡萄の髪。白くて細くて柔らかい身体。己が識別出来るのは髪の色と肌の色だけ。実を言うと、その二点ですらはっきりと鮮明に見える訳ではない。識別困難に陥っているのが人物だけにとどまっているからまだ良かったが、周囲の風景までも視えなくなっていたらこうやって外出する事もままならなかっただろう。

現在の自分が最も頼っている人物の識別方法は、声と話し方。そして漠然とした雰囲気なのだ。妻、ウィスタリアに関しては抱き締めた時に輪郭を掴んだ。

だから彼女に関しては、他の人物よりももう少し具体的に分かる。色々と思う所があった為に初夜は完全に済ませていないが、自分はもはや、妻に夢中になっている。

足早に歩くゼアの顔が、知らず綻《ほころ》んでいった。早く報告を済ませ、一刻も早く彼女に会いたい。仕事は一週間ほど休むつもりなのだ。だからその間にゆっくりと話をして、いざ本当の顔を見た時に違和感なく夫婦になれるように十分に準備をしておきたい。

「……まぁ、それまでは何とか夜は我慢しないとね」

柔らかな身体と『藤霞《ふじかすみ》』の香りが脳裏に過る。途端に熱くなる下半身を極力意識しないようにしながら、防弾コートを翻し目的地に向かって急いだ。


「新婚のところ悪かったね、ヘルバリア君。どうかな？　妹とは仲良く出来そう？」

指定されていた宰相の執務室。入室したゼアを待ち受けていたのは、白蘭の髪に涼しげな声音。恐らく結婚式の時にウィスタリアに同伴していた第一王子オルキスだろう。ゼアは視線を素早く左右に走らせた。部屋の片隅に佇《たたず》む、黒髪と銀髪。彼らは恐らく、宰相と呼び出しの張本人である神官長に違いない。

「はい。この度は、私の様な者に身に余る光栄を与えて頂き、感謝のしようもございません」

ゼアは跪き、頭を下げて臣下の礼を取った。

「それは良かった。そうそう、一つ伝えておきたいのだけど、妹はお菓子が大好きでね、キミの目の前では大人しくしているだろうが、キミが仕事でいない時など食事代わりにお菓子を食べて終わらせる事があるかもしれない。もちろん、結婚前にその辺りの事は言い聞かせてある。けど、あの子にも見栄というものがあるからね、少々の体形の変化には触れないでやってくれ」

「……？　かしこまりました」

恭しく頷きながら、ゼアは内心で首を傾げていた。ウィスタリアは十六歳という年齢にそぐわない、落ち着きと理知的な雰囲気を持っていた。いくら自分がいないと言っても、食事もとらずにお菓子ばかり食べるような子供っぽい真似をするようには到底思えなかった。

だが、すぐに思い直した。まだ出会ってから二日目なのだ。目の前の第一王子オルキスと第五王女だったウィスタリアは腹違いだと聞いている。だが、赤の他人である自分などよりはきっと王女の性格などがよく分かっているのだろう。

（その辺りは、これからゆっくりお互いを知って行けば良い）

ゼアはそう楽観的に考えていた。

「うん。あぁ、もう頭を上げて良いよ。で、本題なのだけど」

「……はい」

オルキスの冷たい声に、ゼアは身体を強張らせた。結婚の報告が本題ではないであろう事は分かっていた。だが、まだ何を言われるのかは分からない。

正確には『どの事について言われるのか分からない』といった所なのだが。

魔砲士としての今後の仕事についてか、あるいは。

出来れば前者であって欲しい、と願いながらゼアは頭を上げ、執務机越しに第一王子オルキスの白い髪に視線を合わせた。

「先日、聖霊遺跡から発見された霊銃。兄弟銃《フラーテル》だったのだってね。エリュトロンの姉妹銃《アデルフィー》以来の大発見だよ。で、彼らと契約は出来た？」

　ゼアは迷う事なく、『答え』を返した。

「……いいえ、まだです」

「兄弟銃だという事を知らなかったからとは言え、キミほどの魔砲士が目の機能を一部奪われるほどのダメージを負った。霊銃達《かれら》のランクは相当高いのだよね？」

「……はい」

「うん。だけど同程度のランクと思われる姉妹銃の方は、二日で契約をしたと聞いたよ？なのに、キミはまだ未契約なのかな？」

　――嫌な方の予想が当たった。ゼアは内心で歯噛みをしながら、この場を切り抜ける言い訳を頭の中で素早く組み立てた。

「おっしゃる通り、彼らのランクは相当高いものです。その上かなり気難しい性格なようで、私の話を聞こうとしてくれません。姉妹銃の契約者は私もよく知る人物ですが、男性です。私の場合は同性になりますから……」

　その先を言わず、敢えて言葉を濁して王子の反応を窺う。

「あぁなるほどね。キミが女性だったらもっと早く契約出来たかもしれないという事か。仕方がない、最初に触れた者にしか契約の権利はない訳だし、キミに頑張って貰うしかないな。その代わり、契約出来たら直ぐに教えて。ウィスタリアを妻にした以上、キミは王族ではないけど完全な平民とも言えない。その意味が分かるよね？」

「もちろんです」

その辺りは分かり過ぎるほど分かっている。今後、自分は何だかんだ良い様に国に使われるのだろう。契約の事も、いつまで誤魔化せるか分からない。

ゼアは内心で溜息を吐いた。兄弟が〝同じ〟なら何の問題もなかったのに。まさか兄が神銃で弟が魔銃だとは思いもよらなかった。

一般的な認識としては『魔銃』は形状がどことなく禍々しく属性も闇や毒が多い。そして『神銃』は曲線を帯びた形状に属性も聖や光が大半を占める。けれど、本当の違いはそこではない。

『魔銃』は契約者から魔力を吸い取る代わりに長い寿命を与える。『神銃』は契約者に膨大な魔力を与える代わりに寿命を奪い取る。そしてどちらも、契約者が〝壊れ〟たら再び眠りについてしまう。当然、魔砲士達はそれに配慮し必要以上に魔力を吸い取られないよう、また与えられ過ぎないよう『魔力制御』の護符を所持したり魔術文言を身体に刻んだりしている。銃のランクが高いほど、護符は大きくなるし刺青は範囲が広くなる。

ゼアの魔銃アスピスはそれほどランクが高くない。だから魔力制御の文言が縫い込まれている飾り紐を髪に編み込んでいるだけで十分なのだ。

しかしこの兄弟銃はその欠点を互いに補い合う形になっている。

従って今、ゼアは何の制限もなく霊銃を使う事が可能な状態にある。すさまじい威力を持つ銃を、長く使う事が出来るのだ。この事を伝えれば、王子はさぞ喜ぶだろう。けれど、その事を伝えるのを躊躇《ためら》う理由が一つだけある。

『霊銃との契約権は、他人に譲渡する事が出来る』

他には知られていない、魔砲士達だけが知るこの事実。

『国』に近しい立場になってしまった今、この事がゼアの口を噤《つぐ》ませる大きな理由だった。


執務室から退室したゼアは、足早に歩き王宮の外に向かった。城門を潜り、更に歩いた所で後ろを振り返って確認をする。見た所、尾行されているようには思えない。念の為、追跡魔法を使って確認をした。その結果、周辺に人の気配は認められない。

「……何とか誤魔化せたかな。でも、油断しないようにしないと」

そのまま川沿いを上流に向かって歩く。遠くの浅瀬で少年が二人、楽しそうに遊んでいるのが見えた。一人は十二、三歳くらいで法蓮草《ほうれんそう》色の髪。もう一人は七、八歳で木苺《きいちご》色の髪。ゼアは苦笑いをしながら、きゃあきゃあと遊ぶその二人の元に歩いて行った。

「水、苦手なんじゃなかったのかい？　帰るよ、スピナキア。ルブス」

少年達は振り返り、声の主を確認する。そして顔を見合わせ、悪戯っ子のように笑っていた。

「おかえりゼア。遅かったね。そんなに時間かからないっていったクセに。で、嘘《うそ》を吐いたのはバレなかった？」

「ゼアは嘘を吐くの、苦手っぽいもんね。馬鹿正直だし素直過ぎて、嘘をつかれているのも気付かなそう」

少年達の容赦ない言葉にたじろぎながら、ゼアは両手でコートを開き内側に向かい顎をしゃくった。両脇には、黒い革製の銃嚢《じゅうのう》が装着されている。

「遅くなって悪かったよ。そんなにイジメないでくれるかな。それに、嘘はちゃんとついたよ。だから早く元の姿に戻って」

「えー！　まだ遊びたかったのに……」

少年達は不満げな顔をしている。だがゼアに再度促され、渋々とそれぞれの銃嚢に向かって手を伸ばした。

「って言うか、ゼアのそのコートを開いている姿、何だかヘンシツシャみたい」

「変質者？　何で僕が？」

予想外の言葉に、ゼアは姿勢をそのままに僅かに首を傾げる。

「ここで待っている時にね、人間の子供が言っていたんだ。裸の上にコート着て、いきなり前を開いて見せて来るヘンシツシャがたまにいるって。意味不明だよね。でもその意味不明な所が怖いよね」

「……僕をそんなのと一緒にするな。良いから早く。むしろ今は人に見られたら困るんだよ」

にゃはは、と笑う少年達は銃嚢に触れた途端、それぞれが銃の姿に身を変えた。ゼアは二人、いや二丁の霊銃が胸元に収まった事を確認した後、素早くコートの前を閉じた。

「これから家に帰るから、キミ達はまた書斎で大人しくしていてね」

ゼアはまるで頭を撫でるように、胸元をポンポンと軽く叩く。途端に、胸元から不満の声があがった。

「えー！　またぁ？」

「仕方ないよ、ルブス。きっとゼアはお姫様とエッチな事がしたいんだよ。俺達がいたら邪魔だろ？」

「そっか……エッチな事をしたいんじゃしょうがないね……」

兄弟のあけすけなやり取りに、違う、と言いかけてそのまま口を閉じた。〝エッチな事〟とやらをしない自信がなかったからだった。


ウィーティスはテーブルの上に並べられた薬品や薬草類を入念にチェックしていた。そして軽く頷く。欲しい材料《もの》は全部揃った。後はこれらをいつでも使える様に調合しておくだけだ。その為に乳鉢やエプロン、秤《はかり》なども持って来て貰っておいた。

メイドのロサが、大きなガラスの水差しを抱えて来た。水がたっぷりと入ったソレの中には、水晶が沈められている。

「ありがとうロサ。じゃあこれからお薬作るから部屋から出て行ってくれる？　粉が飛び散ったりしてしまうと危ないし」

「かしこまりました」

そう返事をしながら、ロサは部屋を出て行こうとしない。その視線は、薬品類と共に持って来て貰うよう頼んだ、留め金付きの大きな茶色い鞄《かばん》に向けられている。ウィーティスは冷や汗をかきながら、素知らぬ風を装った。

「……ウィスタリア様。あの鞄の中身を聞いても？」

こちらの意見を聞く素振りを見せながら、実質もはや尋問である。答えない限りはこの部屋から出て行きはしないだろう。

「あぁ、空の薬瓶とか瓶の中で薬液漬けになった材料とかが入っているの。割れたらいけないから、鞄の中にね」

「薬液漬けの材料……？」

「ええ。鋼蟲《こうちゅう》の内臓とか雌山羊の目尻にしか卵を産まない涙蠅《なみだばえ》の卵がぎっしり。後は――」

「わ、わかりましたもう結構です！」

ロサは最後まで聞く事なく、青褪めた顔で逃げる様に部屋から出て行った。ウィーティスはクスッと笑いながら鞄を開けて中の荷物を取り出した。

――空の薬瓶。空の香水瓶。そして、ワンピースに上着。そして靴。上着の内ポケットには、翡翠《ひすい》が三つ入った小さな袋が縫い付けてある。以前暮らしていたフェイツイリューでの古い慣習。翡翠はフェイツイリューでしか手に入らない。売れば多少のお金になるだろう。

「……薬液漬けの瓶を鞄になんか入れる訳がないじゃないの。万が一液が漏れたらどうするのよ。ロサが薬品類の取り扱いに詳しくなくて助かったわ」

瓶類はテーブルの上に乗せ、洋服類はシーツで包み鏡台の裏側に隠した。そしてエプロンを手に取り、身に着ける。

「さてと、先ずは〝声変わり〟の解毒薬を作っておこうかな」

材料を取り出し、それらを計量しながら慣れた手つきで乳鉢に放り込む。揃った材料をゴリゴリと混ぜながら、先ほどロサが抱えて来た水差しを見つめた。この水が中の水晶に清められ、清浄水となり薬液の元として使える様になるまでに一週間はかかる。

それまでに粉薬だけは作っておき、清浄水が出来たら即座に混ぜて薬液を完成させられる様にしておこう。ウィーティスは混ぜる手を止めないまま、作らなければならない薬の順番を頭に叩き込んでいた。何と言っても三ヶ月しかないのだ。薬というものはそこまで簡単に出来るものではない。

とある薬を作る為には、異なる材料を調合した二つの薬品が必要になる事もある。それを踏まえて考えると、正直三ヶ月はギリギリといえる。絶対に必要な薬は二つ。出来ればあった方が良い薬は三つ。まずは絶対に必要なものから作り、後は出来る限りで良い。

考えがまとまった所で、ウィーティスはしょんぼりと肩を落とした。

「私がその薬を使う羽目になっている頃には、ゼア様と本物の王女様は手に手を取り合って幸せを噛み締めているのよね……。はぁ、理不尽……」

こうなったら絶対に逃げ延びて、ゼア様よりもカッコ良くて強くて逞しくて、私を、『薬師ウィーティス・フォリウム』を、心から愛してくれる旦那様を必ず捕まえてみせる。

ウィーティスは薬草をすり潰す手に一層の力を籠めた。

己の中の恋も未練も、全てを粉々に砕いてしまうかのように。

第三章　甘いひと時

「うん、これで解毒薬の粉末が出来たわ」

ウィーティスは二時間ほどかけ、灰色の粉末を作り上げた。〝声変わり〟の解毒薬。粉末のままでも服用出来るがその場合は効き始めるまでに時間がかかる。それでも万が一の為、と薬包紙に包み上着の内ポケットに一包だけ入れておいた。

残りは薬瓶に入れ、鏡台の上の香水瓶に紛れ込ませておく。

これで『絶対に必要な薬』の一つは出来た。後もう一つは少し時間がかかる。しかし、ロサには〝声変わりの予備薬を作る〟としか説明していない。上手く誤魔化しながら毎日少しずつ作業を進めても、一ヶ月はかかるだろう。

「はぁ、やる事も考える事も山積み……」

ゼアの言っていた『三ヶ月で目は治る』という事実をどの時点で報告するかも見極めなくてはならない。霊銃と既に契約している事を現時点で秘するつもりならば、城に行ったゼアが自分で告げている可能性は低い。

それにも拘らず、自分はその事を密告しようとしている。正直、ゼアを裏切るのは身を切られるように辛い。だが実際の所、ゼア本人は何のダメージも受ける事はない。彼の心は、今この時も王女と共にある。ウィーティスの苦悩など何一つ知らぬまま、呑気《のんき》に心の中の『王女』と幸せに浸っているのだ。

ただ、今その事を報告するのはよろしくない。最悪、薬が出来る前に消される可能性がある。こんなところで、散々利用された挙げ句にあっさり殺される訳にはいかない。予定としては、一ヶ月後にもう一つの薬が出来てからだ。

まずは王女連れ戻しの進捗状況を聞く。計画が上手く進んでいなさそうなら作れるだけの薬を作り、様子を見つつ隙を見て脱出を図る。順調に進んでいたら、必要な二つの薬だけを使い、即座に脱出する。

もう身代わりの薬師など必要ないと思われたら、いつどの時点で消されるか分からないからだ。

人目を盗みながらこそこそ作業をするには、夜遅い時間しかない。となると、少しでも円滑に作業が進むように薬品や薬草を整理しておかなければ。ウィーティスは両手を腰にあてたまま、大量の薬草を見渡していた。

「奥様。旦那様がお帰りになられました」

集中して作業を行っていたウィーティスの耳に、無感情なロサの声が聞こえた。慌てて時計を確認すると、昼を少し回った所だった。

「いけない。夢中になり過ぎたわ」

ウィーティスは急いで薬類を片付け始めた。この有様を見られる訳には断じていかない。

「ウィスタリア、入っても良い？」

バタバタと部屋中を駆けずり回り、薬類を隠しまくっていると扉の外から夫ゼアの声が聞こえた。両手に薬草を抱えていたウィーティスは咄嗟《とっさ》に答えに詰まった。後はこれを衣装箱にしまうだけだが、部屋の中にはさながら薬局の様な特有の匂いが漂っている。

本当は薬作りが一段落ついたらお湯を浴び、その後で『ウィスタリア』であることを示す『藤霞』の香水をつけるつもりだったのに。

「あ、えぇっと、少しお待ち頂いてもよろしいですか？　その、少し汗をかいてしまったのでお湯を使おうかと思っていたのです。ですので、ちょうど今お洋服を――」

暗に裸である、とアピールをして時間稼ぎを試みる。こちらを気遣い、初夜を引き延ばしてくれる程の人物だ。いくら夫婦といえども、無理に押し入ってきたりはしないだろう。

「そ、そうか。じゃ、じゃあ僕は書斎に行っているよ。お湯を浴び終わったら教えてくれる？」

案の定、ゼアはしどろもどろの答えを返して来た。そして、悔しいほどの紳士的な対応。そんなに『王女』が大切なのか。自分で誤魔化した事への結果にもかかわらず、何となく苛立ち唇を噛む。その時、ウィーティスの胸にふと意地悪心が湧いた。

「それとも一緒にお風呂に入ります？」

ゼアが顔を真っ赤にして慌てふためく様子が目に浮かぶ。恐らく本物のウィスタリアはこんな事を言わない。廊下にロサがいないと良いけど、と思いながらウィーティスはクスッと笑った。

「…………うん」

「えっ⁉」

耳に聞こえたのは、予想外の返事。何？　ゼア様は今、何とおっしゃったの？

「入る。一緒に」

「え、あの、あ、はい……」

「じゃあ上着を置いて来る。後で行くから先に浴室に行っていて」

「か、かしこまりました……」

ウィーティスは言われるがまま返事をし、そして呆然と立ち竦む。ゼアの言葉を理解すると同時に、じわじわと羞恥心が込み上げて来た。

「え……嘘でしょ？」

絶対に断ると思っていたのに。ともかく、「はい」と言ってしまったからにはゼアよりも先に浴場に行く必要がある。恥ずかしがっている時間はない。

ウィーティスは持っていた薬草類を手早く衣装箱に放り込み、急いで服を脱ぎ下着姿になった。

浴場には私室から直接向かう事が出来る。ウィーティスは鏡台の横の壁に手を伸ばした。壁には『緑蘭《りょくらん》』が描かれている。よく見ると、緑蘭の花弁が立体的になっている所があり、そこを押すと壁の一部が横に動いた。

「お風呂まで隠し扉で行くって何なのよ」

足早に歩きながら、ウィーティスは吐き捨てるように呟いた。この屋敷は先代の王、王女ウィスタリアの祖父にあたる人物の寵姫《ちょうき》に与えられたもの。それを大幅に改築したものがこの度ゼアに与えられたのだ。

新築した屋敷を与えるのではなく、どこまでもウィスタリアに配慮したやり方。ウィーティスはどうしようもなく込み上げる不快感を、懸命に堪えていた。

その頃、我に返ったゼアは書斎で頭を抱えていた。

城から戻った後、居間を覗いたら妻はいなかった。聞くと、私室にいるのだという。

ゼアとしては、夫婦になったのにそれぞれの部屋があるなんて、と思わなくもない。

けれど、『元王族』のウィスタリアには王宮から大量の衣装や宝石類が贈られている。

それらに着替えたりするには、個人の部屋も必要だろう。

それに自分だって仕事関連の書類を書く時には今後は書斎を利用する事になる。

そんな風に思いながら、部屋に向かおうとするといきなりメイドに引き止められた。

「私がお呼びして来ますので、旦那様は居間でお待ち下さい」

そう言い放った後、メイドは足早に去って行った。けれど、早く会いたくて勝手に部屋の前まで来てしまった。扉の前には先ほどのメイドの姿はない。このやたら広い屋敷は通路もたくさんある。恐らくメイドは反対側を通って居間に向かったのだろう。

「言う事ちゃんと聞いておけば良かった……」

まさかウィスタリアが『一緒にお風呂に入りますか』などと聞いて来るとは夢にも思わなかった。

もっと驚いたのが、自分がそれに「うん」と言ってしまった事。

「どうしよう……ただでさえギリギリ我慢をしているのに……。あー、馬鹿だなぁ僕……」

ともかく、ああ言ってしまった以上ウィスタリアは健気に浴室で待っているはず。

ゼアは胸元から何かを言いたげにしている兄弟の気配を感じながら、意を決したように上着を脱ぎ始めた。


ウィーティスは大急ぎで浴室に飛び込み、熱い湯をザブザブと身体にかけた。浴槽の中には花びらが浮かべてあり、良い香りがついている。花びらはロサが用意したものだろう。薬作りが終わった後、身体を清められるようにあらかじめ湯を張り匂い消しの花まで浮かべてくれていたのだ。

「……ロサ。悪い人ではないのよね」

もちろん『ウィスタリア王女』が戻って来た時に円滑に入れ替わりが出来る様、手を尽くしているに過ぎないのだろう。だが『夫』のゼアですら味方とは言えない今の状況では、他人からの気遣いは思った以上に心を穏やかにしてくれた。

「とりあえず、これで薬の匂いは消えたかな。後は、ゼア様を待つだけ……」

大理石で出来た巨大な浴槽。その中にたっぷりと張られた湯に浸かり、花びらを掬《すく》って遊びながらこれからの事を思う。さっきまでは混乱していたけれど、こうして落ち着いて考えると、これは良い機会だと思えた。

何と言っても、まだ初夜を迎えていないのだ。あけすけに言うと、王女は純潔を失っているのに自分は未だ処女のまま。このままでは入れ替わった時に別人だとバレてしまう。

「……ん？　ちょっと待って。もうどうでも良くない？」

ウィーティスはふと思い直した。自分は王女と〝入れ替わる前〟に逃げると決めたのだ。最初は言われるがまま、使命を果たさなければ、と思っていた。いや思い込んでいた。けれど結婚式を終えた後、アーテル王女から言われた言葉が徐々に突き刺さり始めた。

『葡萄は二房もいらない』

もう、国の思惑は決定しているようなものだ。霊銃と契約し、それを使いこなす魔砲士のゼアはともかく、たかが一介の薬師である自分など吹けば飛ぶような存在でしかない。ならば未来の恋人の為に、このまま処女を守っておいた方が良いのではないだろうか。

「一緒にお風呂に入りましょう、なんて軽はずみに言わなきゃ良かったわ……」

それでもゼアなら我慢してくれるとは思う。思うが、余計な刺激を与えるべきではなかった、とウィーティスは少し後悔をしていた。

「……タリア。ウィスタリア。ねぇ、そっちに行っても良い？」

「きゃあっ⁉」

ぼんやりと花びらを掬っては落とし、を繰り返している内に背後から申し訳なさそうなゼアの声が聞こえた。考え事に没頭し、夫の接近に気づかなかったウィーティスは飛び上がって悲鳴をあげた。

「ごめん。何回か声かけたんだけど、気づかないみたいだったから」

「も、申し訳ございません、ゼア様。その、花びらが綺麗だったのでつい……」

身代わりについてのあれこれを考えていて気づかなかった、とは言える訳がない。

だが、まるで子供の様な言い訳にウィーティスは冷や汗をかく。

しかし、ゼアは全く気にする様子がない。ウィーティスがそれ以上何も言わない事から許可を得たと思ったのか、湯に足を踏み入れ滑るようにウィーティスの横にやって来た。

ゼアは初夜の時と違い、何も羽織っていない完全なる全裸だった。しなやかな筋肉のついた見事な裸体が惜しげもなく晒されている。ウィーティスは気恥ずかしくなり、懸命に目を逸らしていた。ゼアは背中側に回り込み、ウィーティスの両腕にふわりと触れる。

「ちょっとだけ抱き締めても良い？　大丈夫、何もしないから」

「え⁉　あ、はい、どうぞ……」

ちょっとだけ、と言う割には思わぬ強い力で背後に引っ張られ、ウィーティスは背中からゼアの胸に倒れ込んだ。がっしりとした両腕が胸元に回されると、小柄なウィーティスはすっぽりと腕に包み込まれてしまう。

「……」

腰の辺りに、硬いモノが当たっているのが分かる。ウィーティスは焦った。少し、身体を離した方が良いだろうか。そう思った所で、背後から押し殺したような声が聞こえた。

「……動かないでウィスタリア。ごめん、擦《こす》れるとちょっとまずい事になっちゃいそう」

「は、はい」

——何が擦れるとどうまずいのかは、さすがにウィーティスにだってわかる。だったら最初からくっつかなければ良いのに。そう思いながら、少しでも刺激を与えない様にそっと身体を強張らせた。

「はぁ、良い匂い。いつもの藤霞の香りも良いけど、このキミ自身の匂いの方が好きだな」

動くなと言う割には、首筋に鼻先を埋めてスンスンと鼻を鳴らしている。これはどうしたものか、と思案している内に、首筋にチリッとした痛みが走った。

「やっ……！」

「ごめん、痛かった？」

「い、いえ……」

首を吸われた、と気づいた瞬間、急速に恥ずかしさと困惑が込み上げて来た。何もしないと言ったクセに、と恨みがまし気な目で背後を振り返る。途端に顎を掴まれ、唇を重ねられた。そのまま口の中に熱い舌が捻じ込まれ、狼狽《うろた》えたウィーティスはジタバタと暴れた。

「んっ……ゼア、様！」

「嫌？」

「い、嫌ではないですけ、ど……ひぁっ⁉」

腰に回されていた手がいつの間にか下に降ろされ、指が秘裂にぬるりと潜り込んでいく。根元まで埋められたソレがゆっくりと水中で抜き差しされ、ウィーティスは背筋を反らせて悲鳴をあげた。

「あっあっ！　いやっ！」

「ごめん、何もしないのは無理だった。でも、最後まではしない。それは約束するから」

ここまでしておいて、最後までしないという誓いが一体何になるのだろう。快楽に飲み込まれながらも、頭の片隅でそうどこか冷静に思う。

「お湯の中だから痛くないかな。指、増やしても良い？　そうそう、今日から一週間仕事入れない様にしたから、二人でどこかに出かける？」

ウィーティスはビクリと身体を震わせた。本物ではない自分は外に出る事は許されない。それに、一週間も家に居られたら薬作りが大幅に遅れてしまう。

「あっ……それ……だめっ！」

「ん？　やっぱり指だと痛い？　嫌？」

ウィーティスが思わず放った〝だめ〟を上手く誤解したのか、ゼアは指を引き抜いた。そしてそのままウィーティスを抱え上げ、浴槽の端まで連れて行く。端に着いた所でそっと下ろされ、縁に座らされた。太腿に伝わる大理石の冷たい感触。ゼアは湯の中に立ったまま、ウィーティスを見下ろしている。優しいけれど、焼けつくような欲を浮かべた緑の瞳。瞳の中には、浅ましい期待と快楽の名残に、蕩《とろ》けた顔をした女が映っていた。

「今日は僕もちょっとだけ気持ち良くさせて貰うね？　あぁそうだ、お風呂から出たら霊《か》銃《れ》達《ら》にキミを紹介するよ。怖くないから、仲良くしてやって？」

それはもっと駄目。この身代わり作戦、通用するのはゼアただ一人だけなのだ。霊銃達に面会してしまうと、入れ替わった時に一発でばれてしまう。

「だめ……だめっ！」

「大丈夫だよ。最初は顔を見ながらしたいって気持ちは変わらないから。でもごめん。キミが可愛過ぎて我慢が結構辛いんだ。ここまでしておいてって思うだろうけど、少しの間だけ僕のワガママに付き合ってくれる？」

そう言うと、ゼアはウィーティスを大理石の床に押し倒した。そして両足を揃えたまま抱え直し、ぴったりとくっついた足の間に硬く勃ちあがった己のモノを押し当てた。

「あ……」

何をされるのか薄々察したウィーティスは、イヤイヤと首を振る。

「本当の時はもっと気持ち良くしてあげる。でも、ココが擦れるからこれでもかなり気持ち良いと思うよ？」

　ゼアは優しく微笑みながら、紅く色づき震える秘豆を指でピンと弾いた。

　途端にビクンと震える妻の足の間に、硬くなった陰茎を突き入れる。細く引き締まった足に挟まれると、気持ち良さが断続的に込み上げて来た。女のナカに入った時の様な、濡《ぬ》れた温かさに包まれる感じは確かにない。けれど、妻の可愛らしい喘《あえ》ぎ声を聞いているだけで得も言われぬ幸福感が押し寄せて来るのを感じていた。

「ふぁぁっ！　あっ！　んんっ！　あっ……！」

「気持ち良い？」

「あっ！　気持ち、良いです……っ！」

「良かった。んっ……僕も、気持ち良い、よっ」

　自らがこぼす先走りと、妻から溢れて来る愛液を潤滑剤にしつつ、激しく腰を動かしていく。静かな浴室内に響く、グチュグチュという水音。それに重なる様に妻の愛らしい鳴き声が反響し、ゼアの頭を益々熱くしていった。

「可愛いウィスタリア、もっと声を聞かせて？」

　その言葉に従ったかのように、妻の鳴き声がまるで小鳥のように甲高くなっていく。ほんの少しだけ欲を言わせて貰えば、この仕草が何とも愛らしい妻には小鳥の様に涼やかに鳴かれるよりも、子犬のように甘えた鳴き方をして欲しい。けれど、それは妻の全てを自分の思い通りにしたいという、傲慢《ごうまん》な想いが抱かせる愚かで身勝手な欲なのだろう。

「ごめん、もうイキそう……！」

「ふぁぁっ、あぅっ……！」

背筋を駆けのぼる射精感を後押しするように、より一層激しく妻の太腿で己のモノを扱き上げる。そうしながら、片手を前に回してプクリと膨れた敏感な陰核を爪先でカリカリと引っ掻いてやった。敏感体質の妻には酷な責めだという事はわかっている。妻は首を左右に激しく振りながら、腰をビクビクといやらしく痙攣《けいれん》させていた。結合部から透明な液体があふれ、二人の下半身を濡らしていく。

「うぁっ……ぁっ、イクッ！」

　妻の乱れ切った姿に、ゼアはひどく興奮していた。細い身体を骨が折れそうな程強く抱き締めた。仕上げとばかりに腰をぐぅっと前に突き出した所で、先端から白濁が飛び出していく。何度か腰を揺すり、完全に吐精しきった所でゆっくりとモノを足の間から引き抜いた。

「すごく良かったよ、ウィスタリア。無理させてごめんね？　どこか痛い所はない？」

「あ、な、ない、です……」

　涼やかな、それでいて熱を孕んだような声。きっと今、妻は快楽で目を潤ませ上気した顔で自分を見つめているに違いない。だが、今の自分にはその艶姿を想像する事しか出来ないのだ。

　ゼアは妻の葡萄色の髪を撫で、こめかみにキスしながら耳元でそっと囁いた。

「ね？　気持ち良かったでしょ？　上手に潮も噴けたし、可愛かったよ」

「うぅ……はい……」

「今みたいな風に、またキミに触れても良い？」

「………はい」

何となく返事の間があいた事が気になったが、恥ずかしがっているのだろう、と直ぐに思い直した。

「じゃあ、のぼせない内に出ようか。それで、お茶でも飲みながらさっきの話をしよう」

「……ええ」

ゼアはふと眉をひそめた。妻がコクリと頷いたのは分かったが、その顔には困惑の表情が浮かんでいるように感じられたからだ。自分と二人で出かけるのが嫌なのだろうか。それとも、霊銃達が怖くて会いたくないとでも思っているのだろうか。

表情が分からないのだからどうしようもないが、少なくとも喜んでいる様子は感じられない。けれど、嫌がっているのとも違う気がする。どちらかと言えば、困っているような気配。好かれていないとは思いたくない。何よりも、あの時言ってくれた言葉に嘘があるとも思えない。

『私は貴方が良いのです』

貴方で良い。ではなく、貴方が良い。

この言葉だけは、何があっても信じたいと思う。思うのに、こんなに不安に駆られるのは何故だろう。自分が庶民だという負い目なのか、それとも別に原因があるのか。

(僕は早くキミの顔が、そして浮かべる表情が見てみたい)

なぜ髪色と肌の色しか分からないのだろう。逆ならばまだ良かったのに。そう思う度に、苛立ちが込み上げて来るのをひしひしと感じていた。


ウィーティスはゼアに抱き上げられて浴場の外に出た。そこには、いつの間にかロサがひっそりと控えていた。両手に乾いた大きな布を持っている。

「旦那様。奥様をこちらへ」

ゼアは少し驚いた様に目を見張ったが、直ぐに小さく溜息を吐きながらウィーティスをロサの前に下ろした。そして代わりにロサから布を一枚受け取り、それをバサリと身体に羽織る。そして身体を屈め、ウィーティスの頬にキスしてからそっと髪を撫でた。

「じゃあ僕は先に部屋に戻っているよ」

「はい」

「旦那様、お部屋にお茶の支度をさせております。奥様のお支度が整い次第お部屋にお連れ致しますから、先に水分をお取りになっておいて下さい」

「はいはい」

「……すぐに、奥様をお連れ致しますから」

まるで母親に対して言うような返事に、ロサが珍しくたじろいだ様子を見せた。

「じゃあ先に戻っているね」

「はい、ゼア様」

ひらひらと手を振って出て行くゼアを見送りながら、ウィーティスは必死に笑いを堪えていた。

「……何なのでしょう、あの子供じみたお返事は。全く、あの方は王女殿下の夫になったという自覚が足らなさすぎます」

ブツブツ言いながら、手早くウィーティスの身体を拭いて下着を身に着けさせていく。最後に薄手のドレスを着せられた所で、ウィーティスは気怠さを堪えながらロサに先ほどゼアに聞かされた話をした。

「あのね、ゼア様は明日から一週間お仕事入ってないのですって。二人でどこかに行こうって言われたのだけど、そういう訳にはいかないでしょ？　何とか外出しない言い訳をするつもりだけど、ゼア様をがっかりさせたくないの。だから、貴女からも上手く言ってくれない？」

霊銃達との面会の件は伏せた。この部分は自分で危機を乗り越えるしかない。ロサは少し考える様な顔をしていたが、やがてコクリと頷いた。

「かしこまりました。お任せ下さい」

「ありがとう」

着替えも終わり、ロサと共に歩きながらウィーティスはふと想像をした。ゼアと二人でどこかに行くとしたら、どこが良いだろう。海なんて良いかもしれない。ゼアの玉蜀黍色の髪は、青い海にも白い砂浜にも、きっと良く映えるだろう。

ウィーティスは子供の頃から泳ぎが得意だった。フェイツイリューに住んでいた時には、夏になると毎日の様に海で泳いで遊んでいた。彼が泳げるのかは知らないけれど、もし泳げなければ自分が教えてあげよう。そして泳ぎ疲れたら、砂浜に座って二人でお喋《しゃべ》りをする。彼の仕事の話を聞いたり、自分の仕事の話をしたり。その内に肩をそっと抱き寄せられて、互いの唇が触れ合って、それで。

「……っ」

不意に、鼻の奥にツンとした痛みが走った。今、自分は泣きたいのだ、と分かった。けれどまだ泣く事は出来ない。

(大丈夫、大丈夫)

無事に逃亡が成功すれば、これは夢ではなくなる。想像だけで終わらせたりしない。必ず実現させてみせる。ウィーティスはそう何度も自分に言い聞かせていた。愛する人と共に、大好きな海で穏やかな時間を過ごす。そんな未来を掴む為にも、ここでメソメソしている場合ではないのだ。

——愛する人。その人の髪色は、きっと玉蜀黍色ではないのだろうけど。

ロサに連れられて行った部屋は、居間の横にある小さな部屋だった。小さな、と言っても他の部屋に比べれば、というだけで一般の家とは比べ物にならないくらいに広い。

聞くと、『団欒《だんらん》用の部屋』なのだという。そんな部屋があるのか、と驚きつつ足を踏み入れると、ゼアが真面目にお茶を飲んでいる姿が目に入った。その『言いつけを守っています』と言わんばかりの様子に、思わず笑みがこぼれる。

「ゼア様、お待たせしました」

ウィーティスの姿を捉えた薄緑の瞳に喜色が宿る。チリ、と痛む胸から目を逸らしながら、夫の向かい側に腰を下ろした。程なくして、湯気の立つ紅茶が目の前に置かれる。

「ありがとう」

礼を言いながら、紅茶を一口含む。全身に染み渡る柔らかな甘味。蜂蜜が入っているのだとすぐに分かった。浴室で疲れさせられた身体にはちょうど良い甘さ。その甘い紅茶が喉を滑り落ちて行くのを感じながら、これから自分の成すべき事を考える。

（えぇと、何て言ったら良いかしら）

長い足を組み、優雅に紅茶を飲む夫を見つめながら話をどう切り出そうかと悩んだ。外出は絶対に避けなければならない。けれど、嫌がっていると思われる訳にもいかない。

「……そう言えば旦那様。お話は先ほど奥様から伺いました。申し訳ございませんが、当分奥様を連れての外出はお控え頂けますでしょうか」

悩むウィーティスを見兼ねたのか、背後からロサが口を出して来た。ゼアは紅茶を飲む手を止め、驚いた様な顔でロサを見つめている。

「どうして？」

「王族から籍を外すには多少時間がかかりますの。ですから、厳密にはウィスタリア様はまだ王族。どうしてもお出かけをなさりたいのなら、王宮から近衛を呼ぶ事になりますわ。それは無粋と存じます。完全に王族から離籍なさるまで、お待ち頂いた方がよろしいかと思いますが」

顔色一つ変えず、スラスラと言い放つロサの口達者ぶりにウィーティスは内心で喝采を送っていた。ロサの言っている事が真実なのかどうかは知らないけれど、これならゼアも納得せざるを得ないだろう。

「……なるほど、だったら仕方ないな。でも、そうか。ウィスタリアはまだ王族なんだね」

そう寂しげに笑う夫の顔を見ていると、胸が激しく締め付けられる。けれど、こればかりはウィーティスにはどうしようもないのだ。

「このお屋敷の敷地内に大きな池がございます。周辺には色とりどりの花が咲いていて、非常に美しい眺めになっています。敷地内とはいえお屋敷から少々離れた場所になりますし、お茶を飲んだり食事をしたり出来る東屋もございます。お二人でゆっくり過ごすにはちょうど良いかと思いますよ」

——追加で発せられたロサの言葉に、ウィーティスは目を見開いた。ロサの考えは分かる。確かに、一方的に駄目と言うだけではその内疑念を抱かせてしまうかもしれない。

落としどころは必要だと思う。けれど、一週間も一緒に居たら薬は作れないし何よりも自分の精神がもたない気がする。

しかし、そのどちらもロサに伝える事は出来ない。余計な薬を作りたい事も、ゼアを少しずつ想い始めている事も。

「あぁ、それは良いかもしれないね。じゃあ早速明日行ってみようか」

そんなウィーティスの内心を知る由もないゼアは、屈託のない笑顔で笑いかけてくる。

ウィーティスは引き攣った笑顔でそれに応えた。

「ええ、そうですね」

「良かった。せっかくだから朝早く出ようと考えているのだけど、大丈夫？　起きられる？」

「はい、大丈夫です」

ゼアが嬉しそうにしているとこちらも嬉しい。それは間違いない。ではこの一週間は、この先に追っ手に怯える生活を送る羽目になる自分へのご褒美だと思えば良いのではないだろうか。

「旦那様。明日は朝食もそちらで？」

「うん。そうしようと思っている。良い？」

「もちろんですわ。では、明日は朝と昼は食事を運ばせて頂きます。夕食はさすがにお戻り下さいませ」

「わかった」

ロサとゼアは、その後も細かいやり取りを続けている。もはやウィーティスを置いてきぼりにして話が進んで行く。その様子を見つめながら、ウィーティスはそっと目を伏せていた。

明日のピクニックの打ち合わせが一段落した所で、ロサは部屋を出て行った。団欒室に二人きりになった途端、部屋には沈黙が満ちて行く。何となく気まずくなり、ウィーティスはゼアの方を見た。すると同じ様に思っていたのか、ゼアもこちらをじっと見つめていた。

「……ウィスタリア」
「はい」
「明日は霊銃達を紹介するよ。さっきも言ったけど、怖がらなくて良いからね？」
「大丈夫です。怖くありません」

ウィーティスが怖いのは霊銃達そのものではない。その後の事が怖いのだ。だが、ゼアはウィーティスの返事を聞くと、微かに眉根を寄せた。

（……あれ？　私、何か気に入らない事言った？）

ゼアは口を開けたり閉じたり、何かを言おうとして迷う素振りを見せている。ウィーティスは辛抱強く待った。やがてゼアは手を伸ばし、テーブルの上に置いていたウィーティスの手に己の手の平を重ねた。

「あのね、一つ聞いて良いかな」

「……？　はい」

ウィーティスは首を傾げる。

「お風呂で話した時も思ったんだけど、キミは随分魔砲士について勉強してくれたんだね。魔砲士《ぼくたち》はかなり秘密を守っているからね、いかに王族といえどもそう詳しくはないと思っていたけど」

「え……？」

透明感のある薄緑の瞳。その目には、いつもの穏やかさは宿っていない。

「なぜこんな事を言うか。それはキミが聞いて来なかったから」

「聞いて来なかったから……？　何を、でしょうか？」

「そうだね、普通は〝銃を紹介する〟なんて言われたらどういう意味？　と思わない？　だって、銃だよ？　でもキミはそれについて何も聞かなかった。確かにこの前、〝それなりのランクの銃はそれなりの事が出来る〟とは言ったけど、具体的には説明してない。だからキミは知っていたんだね？　〝霊銃には人化出来る個体がある〟って」

「あ……」

魔法薬を多く扱う薬師は様々な職業と関わりがある。だからウィーティスは開業資格の取得を目指していた時に『魔砲士とその相棒』を見かけた事があった。当然、強力な守秘義務が発生する為に知り得た情報を誰にも話した事はない。

「お、教えて頂きましたの」

「誰に？」

「し、神官長にです」

ウィーティスの背中に、冷や汗が滝のように流れていく。ゼアは顎に手を当て、思案顔になっていた。やがて何かを納得したのか小さく頷き、ウィーティスにいつもの穏やかな笑みを向けてくれた。

「わかった。本当は聖霊遺跡を管理する神殿側もあんまり喋っちゃいけない事なんだけど、特例だったのかもね。ごめん、問い詰めるような真似をして」

「いえ……」

ウィーティスは何事もなかったかのように微笑み返した。胸中には安堵が満ちている。この先、ゼアにはもっと嘘をつく事になるだろう。それでも今はまだ、身代わりがばれる訳にはいかなかった。


早朝。目覚めたウィーティスは起き上がる事なく、ベッドに横になったままぼんやりと天井を眺めていた。隣に人の気配を感じない。目を向けずとも、ゼアが既に起床し隣に居ない事は分かった。

起き上がらなければ、と思うものの、身体がだるくて動きたくない。それでも何とか重い身体に鞭《むち》を打ち、ベッドに手をついて漸《よう》や《》く上体を起こした。

「ゼア様の〝最後までしない〟の基準が全くわからない……！」

ウィーティスは己の身体を見下ろした。鮮やかな紅い鬱血痕《うっけつこん》が全身に散っている。

「身体が重いわ……」

ウィーティスは緩慢に身体を動かしながら何とかベッドから下り、ロサを呼ぶ為の呼び鈴を手に取った。たったこれだけの動きで、全身にずっしりと疲労感が圧し掛かって来る。

「全然我慢出来てないじゃない……」

昨夜の記憶はあまりないが、疲労と共に妙に心がざわついている気がする。ウィーティスは身体に散った花びらを見ない様にしながら、摑んだ呼び鈴を大きく振った。


昨日はお茶の時間に一時ハラハラする瞬間があったものの、その後は特に何事もなく一日を過ごした。お喋りをしたり中庭を散歩したり、あれは『ごく普通の夫婦の時間』だったと思う。さらに抜かりなく、途中眠くなったフリをして部屋に帰らせて貰い、夜遅くまで起きていられるように仮眠を取った。

ゆったりとした時間を過ごし、夕食を共にした後は別々の部屋に別れた。そのはずだったのに。

『ウィスタリア、ちょっと良い？』

『はい、何でしょう？』

昼間に強引に仮眠を取ったからちっとも眠くはなかった。だから今の内に、と薬の材料を取り出した時、部屋にゼアが訪ねて来た。

『ごめん、今夜は一緒に寝て良い？　大丈夫、ちゃんと我慢する。最後まではしないから』

『あ、はい……』

〝夫〟から一緒に寝ようと誘われて断る訳にはいかない。ウィーティスは素早く材料を片付け、渋々と部屋の扉を開けた。

ベッドに横になった途端、ゼアはウィーティスに覆い被さり深く口づけて来た。

熱い舌が口内に捻じ込まれ、口の中を好き放題に動き回って行く。

『んんっ……んっ……』

舌を深く差し込まれ、くぐもった悲鳴をあげるウィーティスの身体をゼアの両手が這《は》い回って行く。その危うい動きに、ウィーティスは思わず両手を摑んで押し止めた。

『ん？　やっぱり嫌？』

『いえ、嫌ではないですけど、あの……』

『大丈夫だってば。僕を信じて？』

その後は、夜着を剝がされ舌と指で延々と責められ続けた。甘噛みされたり吸われたりを繰り返された唇はぽってりと腫れ、抵抗むなしく容赦なく陰核の皮を剝かれた。

剝き出しになったそこは滑る舌の餌食になり、吐息がかかるだけでも感じるほどに敏感にされた。蜜を垂れ流す秘部には長い指が根元まで埋められ、ぐにぐにとナカで蠢《うごめ》いてはウィーティスを何度も鳴かせた。

喘《あえ》ぎ過ぎて声が掠れ、一方的に与えられる快楽で意識が朦朧《もうろう》とし始めた。

そこでようやく舌と指が引き抜かれた。ゼアはぐったりとしたウィーティスを持ち上げ、そのままうつ伏せにひっくり返した。

『腰をあげて、ウィスタリア』

そして、昨日と同じ様に足の間に硬く勃ちあがった性器を挟み込み、前後に激しく動かして来た。散々弄られ、ぷっくりと硬く充血した陰核がうつ伏せの体勢故に昨日よりも強く擦《こす》られる。痛いようなくすぐったいような、何とも言えない感覚を全身に送り込まれ、ウィーティスは涎《よだれ》をこぼしながら泣き喘いだ。

『本当に可愛い。愛してるよウィスタリア』

甘い囁きに包まれながら背中から包み込まれる様に抱き締められると、ゼアの体温が全身に伝わる。それはウィーティスの心を激しく揺さぶった。

いつの間にか、両目から涙が溢れていた。快楽による生理的な涙なのか、何かが悲しいのかは分からない。

ウィーティスは喉元まで込み上げて来た泣き声を、シーツを噛んで必死に堪えていた。

「奥様、準備が整いました。旦那様が表でお待ちです」

「ありがとう」

ロサは着替えの間、ウィーティスの全身につけられた痕を見ても顔色一つ変えなかった。別に心配をして欲しい訳ではない。それどころかむしろ、ロサとしては良い傾向だと思っているだろう。ウィーティスが順調に身代わりを務めていると安心しているに違いない。ウィーティスが心を軋ませている事など、全く気づいてもいないだろう。

「じゃあ行って来ます」

「奥様」

玄関に向かって一歩足を踏み出したウィーティスに、ロサが声をかけて来た。

「何？　忘れ物？」

「オルキス殿下からのご伝言を承っております。旦那様のお休みが明けたら、一度王宮に来る様にと」

「……わかったわ」

ウィーティスは振り返る事なく外に出た。頭の中で、一気に色々な考えが渦巻いて行く。もう悠長に薬を作っている場合ではないかもしれない、と思い始めていた。

表に出ると、ゼアが馬の横に立っていた。いつもの黒いロングコートに、腰には大きな銃が一丁ぶら下がっている。あれが『魔銃アスピス』か。ぼんやりとそれを見つめていると、ゼアが手を伸ばしてウィーティスを引き寄せた。

「おはよう、ウィスタリア。……ごめん。僕のせいで起きられないかと思った」

「早起きするってお約束しましたでしょ？　けれど、もしまた朝早くお出かけする時にはちゃんと寝かせて下さいね？」

「うん。約束は出来ないけど、取り敢えず分かった」

人差し指で頬を掻き、照れ臭そうに笑うゼアを見つめながら、ウィーティスは一つの考えを固めていた。ここからは、自分が主導権を握らなければならない。

「ゼア様。池の辺に着いたら、すぐに霊銃達を紹介して頂けますか？」

「もちろん紹介するつもりだよ。けど、別にすぐじゃなくても……」

「いいえ、すぐにお願いします。だって、一日一緒に過ごす訳でしょう？」

ここは絶対に譲る事は出来ない。例え表情が分からなくても雰囲気だけは伝わるかと、こちらを見つめるゼアの顔を強い視線で見返した。ゼアの顔に、困惑の表情が広がる。

ウィーティスは更に畳みかけて行った。

「それとゼア様。彼らとお話している間は席を外して頂いてもよろしいですか？」

「……え、どうして？」

ゼアの顔に、はっきりとした不審の表情が浮かんだ。それでもウィーティスは怯まない。

「その方が打ち解けられるかと思いまして。彼らだって、ゼア様に言いたくても言えない事とかあるかもしれませんよ？」

「な、何それ」

「あら、ゼア様は彼らに悪口を言われると思ってらっしゃるの？　ね、良いでしょう？　では早く馬に乗せて下さる？」

ウィーティスはクスクスと笑いながら、たじろぐゼアの身体に両手を回し、しっかりとしがみついた。

　馬上で他愛ない話をしている内に、あっという間に件の池の辺に着いた。最初は不貞腐れていたゼアの機嫌も、いつの間にかすっかり元に戻っていた。

「うわぁ、大きい……」

「池、というよりも湖に近いね」

　澄んだ水をなみなみと湛《たた》えた水面は鏡のように煌《きら》めき、気持ちを穏やかにしてくれる。ロサの言っていた通り、周囲には色とりどりの花が咲き乱れ、非常に美しく心揺さぶる光景だった。

「綺麗……。まるで色の海みたい……」

「本当だね。人ははっきりと見えないのに、風景の色はとても鮮やかに見える」

　ウィーティスは馬から下ろして貰い、池に駆け寄り水面を覗き込んだ。水面に映るのは、葡萄色の髪の女。決して王女ではあり得ない、ただの平凡な薬師。だがその瞳には、強い決意が浮かんでいた。

「ゼア様。では早速彼らを紹介して下さい」

　背後を振り返り、景色を眺めているゼアに呼びかける。ゼアは忘れていた不審を思い出したのか、眉間に皺《しわ》を寄せていた。

「……どうしても僕が居たら駄目なの？」

「駄目です」

「嫌だなー、仲間外れなんて」

ブツブツと不満を呟きながら、それでも譲らないウィーティスに折れたのか、ゼアは渋々コートの内側を開いた。そこには、左右の脇の下にぶら下がる二丁の巨大な銃がある。ゼアは溜息を吐きながら、胸元に向かって声をかけた。

「スピナキア。ルブス。出て来て良いよ」

声と同時に、左右の銃嚢が大きく震える。ウィーティスは思わず後ずさった。流石に、人化する瞬間までは見た事がなかったのだ。驚愕に目を見張るウィーティスの前で二丁の銃が銃嚢から飛び出していく。そのまま宙でくるりと一回転し、二丁の銃は瞬く間に少年の姿にその身を変えた。

「はじめましてお姫様！　ボクはスピナキアです！」

「お姫様おはよう！　オレはルブスっていうんだ、よろしく！」

現れた、やたらとはきはきした子供二人にウィーティスは戸惑った。〝兄弟銃〟とは聞いていたが、まさか子供の姿だとは思ってもいなかった。

「あ、よ、よろしく……。私は、ウィー……ウィスタリア、です」

「お姫様、綺麗な葡萄色の髪だね。まるでもぎたての果実みたい。すごく素敵だよ」

「うんうん。おまけにカワイー顔をしてる。これじゃあゼアがムラムラしっぱなしなのもよく分かるね」

いくら人間ではない、と分かっていても子供の口から出て来る大人びた発言に、ウィーティスの頬が引き攣った。いけない。このままでは、彼らのペースに飲み込まれてしまう。

「あの、ではゼア様。ちょっとだけよろしいですか?」

「……わかった。でも、出来るだけ早くしてね」

「はい」

わかった、と言いながらもぐずぐずとその場から動こうとしない夫に焦れ、ウィーティスは兄弟に声をかけた。

「あのね、ちょっとこっちへ来て下さる? せっかくだからゼア様抜きでお話をしたいの」

ウィーティスは有無を言わさず、兄弟の手を摑んでグイグイと引っ張った。兄弟は不思議そうに首を傾げながら、引っ張られるがまま大人しくついて来る。そうやって話し声が聞こえない所まで距離を取った所で、漸く二人を摑んでいた手を離した。と、兄らしき法蓮草色の髪の少年がポンと手を叩く。

「わかった! 夫婦の相談だね? うんうん、大丈夫。こう見えてボクは八十五歳、ルブスは七十九歳だからソッチ方面のお悩みにもばっちり答えられるよ!」

「なになに? もしかしてゼアってエッチ下手くそなの? お姫様、満足出来てないの?」

「ち、違います!」

真っ赤な顔でブンブンと首を振るウィーティスを、兄弟銃は微笑ましそうに見ている。年齢が上だと知っても、見た目が子供なだけに何だか妙な気分になった。これから話す事が、今後のウィーティスの運命を大きく左右するのだ。もし失敗したら……いや、それは考えないでおこう。ウィーティスは軽く咳《せき》払いをし、改めて兄弟に向かい合った。

「今、ゼア様が人物の見分けが曖昧な状態になっているのはわかっているわね？」

兄弟は気まずげに顔を見合わせる。

「うん、まぁ……。ボク達の攻撃のせいだよね」

「でもでも！　オレ達と契約したから、近々元に戻るはずだよ？」

慌てた様に弁解をする兄弟の顔を見ながら、ウィーティスは単刀直入に切り出した。

「えぇ。その事なのだけど、実は私、〝王女ウィスタリア〟じゃないの。王女様の身代わりなの」

「……は？」

「……え？」

兄弟はポカンとした顔をしている。その呆然とした表情だけ見ると、二人共に見た目通りの子供に見えた。

「言葉の通りよ。本物の王女様も髪が葡萄色なの。で、その王女様はちょっと色々あってまだ別の国に居るの。だから王女様が戻って来る間、私が身代わりを務めているのよ。ゼア様は今、髪色で人を判断しているでしょ？」

先に立ち直ったらしい、木苺色の髪、ルブスがおずおずと口を開いた。

「……お姫様は、ゼアを騙《だま》しているの？」

「ええ。騙しているの」

「そんな……」

しょんぼりと肩を落とす兄弟を見ながら、ウィーティスは心がざわつくのを感じた。

契約した霊銃にここまで心配をされる。それはゼアの人柄を良く表していた。だからこそ、きっとこの〝話し合い〟は上手くいく。ウィーティスは込み上げる不快感を堪えながら、話の本題を口にした。

（ごめんね。私、今からとっても嫌な事を言うわ）

ウィーティスは胸に浮かぶ感傷を振り切り、努めて平坦《へいたん》な声で兄弟に告げる。

「……私と王女様の区別がつかないのはゼア様だけ。本物の王女様が戻って来たら、貴方達には別人だという事がすぐに分かる。だから、貴方達にお願いしたいの。本物の王女様が戻って来ても入れ替わりについては気づかないフリをして欲しい。でないと、ゼア様は国に殺されてしまうかもしれないから」

実際の所、殺されはしないと思う。場合によっては、心か頭のどちらかを多少弄られる事はあるかもしれないけれど。

「殺されるってどういう事⁉」

「……そのままの意味よ。ゼア様に身代わりがばれるのは良くないの。とっても」

「だめ！　殺されるなんて、そんなのだめだよ！」

「じゃあ頑張って知らないふりをしていて。そうしたらゼア様は安全だから」

「わかった、わかったよ！　ゼアに嘘つくのは嫌だけど、ゼアがひどい目にあうのなんかもっと嫌だ！　オレ、絶対に喋らないから！」

「……そうね。そうして頂けるとありがたいわ」

半泣きの二人の頭を撫でてやろうと伸ばした手を、ウィーティスはそっと引っ込めた。

嘘つきの自分に、そんな事をする資格はない。

「じゃあ、そろそろ戻りましょうか。ゼア様が心配しているわ」

「……」

「……」

二人を促し、歩き始めたウィーティスはすぐに足を止めた。兄弟銃はその場を動かない。二人して俯き、地面を睨み付けている。よほどゼアの事が心配なのだろう。ウィーティスは安心させてやろうと、殊更に明るい声を出した。

「心配しないで。王女様との結婚なんてとっても名誉な事なのよ？　貴方達さえ黙ってくれてればゼア様は幸せになるのだから。ね？」

それでも兄弟は動かない。一体何が不安なのだろう。

「ねえ、何を――」

「偽《にせ》お姫様は？　どうなるの？」

「え？」

スピナキアが顔を上げ、真っすぐにウィーティスを見つめた。言われた事の意味が一瞬分からず、ウィーティスはわずかにたじろぐ。

「〝偽お姫様〟って私の事？　私がどうしたの？」

「本物の王女様が帰って来たら、偽お姫様はどうなるの？　どこかへ行っちゃうの？　ゼアを独りぼっちにするの？」

「だって、二人居たら意味ないじゃないの。それに独りぼっちじゃないわ」

「……ゼアは」

「え？」

今度はルブスが声をあげた。スピナキアと同じく、真剣な顔でウィーティスを見ている。

「ゼアは、オレ達と契約してからもずっとお姫様の話ばかりしてる。お姫様の事が大好きなんだなって、すごく伝わって来る。お姫様……ううん、偽お姫様は？　偽お姫様はゼアの事好きじゃないの？」

「そ、それは」

――別に好きじゃないわ。そう答えるのが正解なのに、その言葉を口にする事がウィーティスにはどうしても出来なかった。

　ウィーティスと兄弟銃は無言で歩いていた。結局、先ほどの問い掛けには答えないままだった。兄弟もそれ以上聞いては来ない。ウィーティスは前方に目を向ける。ゼアが馬の側でこちらを見ながら、手持ち無沙汰に立っている様子が窺えた。

ウィーティスはゼアに向かい、軽く手を振る。それを見たゼアは片手の手の平を上に向けた。まるで〝もう良いの？〟と言うかのようなポーズ。それに対して、ウィーティスは大きく頷いて見せた。その動作を確認した途端、両脇の兄弟が突如として走り出し、そのままゼアに飛びついて行った。

「わっ⁉　何、二人共。もう話は終わった？」

「うん！　お姫様とのお話は終わったよ」

「何を話したの？」

「えぇっとね、お屋敷では勝手にウロウロしちゃ駄目、とかお客様が来たら隠れなさい、とか」

ふぅん……と相槌を打ちながら、ゼアはウィーティスをちら、と見た。ウィーティスは澄ました顔で頷く。

「そう。じゃあ二人はその辺で遊んでいて。ここからは夫婦の時間だからね」

「……うん、良いよ。わかった。行こう、ルブス」

「……また後でね、ゼアとお姫様」

一瞬、兄弟は何か言いたげな顔をした。が、すぐに笑顔になって池の反対側に向かって走って行った。

「大丈夫だった？」

「大丈夫だった、とは？」

予想通り、ゼアはおずおずと探りを入れて来た。本当は何を話していたのか逐一聞きたいのだろう。けれど、それを懸命に我慢しているのがわかった。その戸惑った表情を見ていると、不意に先ほどの兄弟の言葉が蘇る。

『ゼアはお姫様の事が大好きなんだよ』

そう、彼は『妻』を『王女ウィスタリア』を愛している。だから気になって仕方がないくせに、根掘り葉掘り聞いて嫌われたくないと思っているのだ。

「その、我が儘とか言わなかったかなぁ、とか」

「いいえ全然。とっても良い子達でした。それにしても、まさか子供の姿だとは思いませんでした」

ゼアはその言葉を聞き、肩を竦めて笑った。

「僕も契約した時は驚いたよ。人化した姿が子供の霊銃なんて聞いた事なかったからね。今持っている『アスピス』は人化しないけど、霊銃同士は会話出来るみたいなんだ。あの子達が〝アスピスのおっさん〟って言っていたから、彼は結構年上なんじゃないかな」

「あら」

霊銃同士が会話出来るとは予想外だった。けれど、この『アスピス』は人化もしなければゼアと直接会話が出来る訳でもない。人間と意思疎通が出来ないのであれば、身代わりの秘密に触れる事もないだろう。という事はこの霊銃は脅威にはならない。ウィーティスはそう判断し、すぐに意識を他に逸らした。

「あぁほら、あそこに東屋がある。朝食を準備してくれているはずだから行ってみよう。お腹空いたでしょ？」

「はい、少し」

　東屋に向かって歩き出した途端、左手が温かいものに包まれた。視線を落とすと、ゼアの骨張った手に左手がしっかりと握られている。見つめるウィーティスの視線を非難と受け取ったのか、ゼアは慌てて言い訳を始めた。

「ご、ごめん。この辺りの草は少し丈が長いから、キミが足を取られたりしたらいけないと思って」

　今日はピクニックだから、とウィーティスは歩きやすいように踵《かかと》の低い靴を履いている。そもそも足を取られるほど草は密集していない。手を繋ぎたいなら普通に繋げば良いのにわざわざ子供のような言い訳をする。夜は何だかんだと強引で押しが強いのに、昼間は案外意気地なしなのね、と内心で微笑ましく思った。

「ありがとうゼア様。……このまま離さないでいて下さいね？」

「うん、絶対に離さないよ」

　そのまま二人で手を繋いで歩く。到着した東屋には、湯気の立つ温かい食事が並べてあった。端の方には、ロサではない給仕係のメイドが一人、ひっそりと控えていた。

「あら、美味しそう。ゼア様、あの子達は呼ばなくて良いのですか？」

「霊銃は人間の食事を食べないから大丈夫だよ。屋敷に戻ったら書斎に閉じ込めっぱなしになるから、今の内に遊ばせておいた方が良い」

「そうなんですか」

——遠くの方から、スピナキアとルブスのはしゃぐ声が聞こえる。ゼアはまるで父親の様な眼差しで声のする方向を見つめていた。その姿に胸がギシギシと軋むのを感じながらも、ウィーティスは素知らぬ顔でテーブルに着いた。

朝食が終わった後、ゼアとウィーティスは池の側に敷かれた柔らかい敷物の上で寛いでいた。と言っても、ゼアはウィーティスの膝に頭を乗せて気持ちよさそうにスヤスヤと眠っている。最初は膝枕のままでお喋りをしていた。けれど重たそうな黒いコートを脱ぎ、腰と胸の銃嚢も外して横に置き、身軽になった所で昨夜からの疲れが今更出たのだろう。返事が覚束《おぼつか》なくなったかと思ったら、いつの間にか軽い寝息をたてて眠ってしまっていた。

「本当に、子供みたいな方だわ」

それだけじゃない。優しくて純粋で、穏やかで思いやりに満ちている。

おまけに、目を奪われる繊細な美貌。ウィスタリア王女も、すぐに黒鳶《くろとび》の事など忘れてゼアに夢中になるに違いない。二人が並んで歩く姿は、きっと下手な絵画よりも人目を引く事だろう。

「……早くここから逃げ出したいな。このままだと私、心が壊れてしまいそう」

膝の上で揺れる、玉蜀黍色の髪を撫でながらウィーティスは思わず弱音を口にした。何と言っても、相談出来る相手がいないというのが一番辛い。

兄弟銃とは秘密を共有しているものの、彼らにこれ以上の重荷を背負わせるのも憚《はばか》られる。

溜息を吐きながら視線を泳がせるウィーティスは、横に置いてある黒光りする巨大な銃の所で目を止めた。ゼアの愛銃である『魔銃アスピス』

兄弟銃よりも大きく武骨な見た目の〝彼〟は、銃嚢に入ったまま静かに横たわっている。ウィーティスは、空いている方の手で何となく魔銃に触れてみた。

そしてすぐに首を傾げる。冷たいはずの金属銃が、何となく温かい気がしたからだ。一度指を外し、もう一度触れてみる。やはり温かい。

ゼアは〝アスピスのランクは低い〟と言っていたが、やはりそこは霊銃。普通の銃とは違うのだろうか。

「〝温かい〟って何となく安心するわよね」

ウィーティスは魔銃を指先でそっと撫でた。そう言えば、兄弟達はアスピスを〝おっさん〟だと言っているらしい。

「失礼よね、こんなに格好良い造りなのに。ねぇアスピス」

当然返事は返って来ない。ウィーティスは器用に、片手でゼアの髪を、もう片方の指先でアスピスを同時に撫でながらぽつぽつと独り言を呟いていた。

「……私はウィーティス。ウィーティス・フォリウム。だけど、今は誰も私の名前を呼んでくれない」

——ウィスタリア。ウィスタリア様。奥様。お姫様。

「あ、でも、〝偽お姫様〟は気に入ったかも。だって、〝私自身〟を表しているんだもの」

ずっと指で触れているせいか、魔銃が先ほどよりも温かく感じられる。その温かさに引き寄せられたのか、アスピスの上に小指ほどの大きさのある蟻《あり》が二匹、よじ登って来ていた。ウィーティスはアスピスを持ち上げ、軽く振って蟻を追い払う。

ウィーティスはアスピスを元に戻し、視線を池の水面に移した。柔らかい風が吹くたびに、水面がさわさわと揺れる。それは、この身代わり生活が始まって初めて感じた、美しく心穏やかな一時だった。

『……ティス。ウィーティス』

——なぁに？　誰？

遠くの方から、何か声が聞こえた気がする。

『ウィーティス・フォリウム。こっちを向け。後ろだ、後ろ』

——え？　後ろ……？

ウィーティスは一人、池の辺《ほとり》に座っていた。膝枕をしていたはずのゼアは、いつの間にか居なくなってしまっている。ふと人の気配を感じ、そっと背後を振り返った。

そこには、赤銅色の髪の男が立っている。黒の上下に髪と同じ赤銅色のネクタイを締めてはいるものの、髪はあちこち跳ねてどこか崩れた雰囲気のする痩せた中年の男。

けれど、なぜだか警戒心は一切湧いて来なかった。中年男は顎に生えた無精髭《ひげ》をガリガリと掻《か》きながら怠そうにウィーティスを見つめている。

――貴方は誰？

男はその質問には答えなかった。ただ、ウィーティスに向かって片手を伸ばして来た。

『摑め』

――え？

『この手を摑め。ウィーティス・フォリウム。そうしたら、お前もお前の大切なものも全部守ってやるから』

――大切なもの？　薬局の事？

『違ぇーよ。良いから早く』

訳が分からないまま、ウィーティスは手を伸ばし、差し出された手を握った。温かく骨張った手。この温かさには、何となく覚えがある気がした。

――あの、貴方は？

『よし、これで良い』

質問には答えないまま、男はヘラリと笑った。その顔は案外整っている。この人は思っているよりも若いのかもしれない。髪を整えて髭を剃《そ》ればもっと素敵になりそうなのに、とどうでも良い事をぼんやりと考えていた。

『じゃーな、ウィーティス・フォリウム』

——あ、待って！　貴方は一体誰なの？

中年男はウィーティスの問いかけを無視し、片手をヒラヒラと振りながら去っていく。引き留めようと思っても、何故だか声も出せないし身体も動かない。ウィーティスは何も出来ないまま、ただ遠ざかる男の背中を見つめていた。

「んん……」

「あ、起きた？　フフ、よく眠っていたね」

「え……？」

優しい声に誘われるように、ウィーティスは薄っすらと目を開けた。柔らかな笑みを湛えたゼアが、真上から覆い被さる様にして覗き込んでいた。眠るゼアを見守っていたはずが、いつの間にか自分も眠ってしまったらしい。

「あ、わ、私……！　ごめんなさいゼア様！」

「いいよ、気にしないで。最初に寝ちゃったのは僕だし。それに、可愛い寝息がまるで音楽みたいで心地良かった」

驚き飛び起きたウィーティスの頭を、ゼアは優しく撫でている。その手がそっと顎をなぞり、胸元にするりと滑り落ちて来た所でウィーティスは慌ててその手を摑んで止めた。ゼアは片眉を上げ、小首を傾げながら無言でウィーティスを見つめる。まるで『だめ？』と御伺いを立てるようなその姿。大人の美貌に重なる無邪気な少年の表情に、ウィーティスは結婚式の時と同じように胸が激しく高鳴るのを覚えていた。

（うぅ……あざとい……！）

しかし、ここで流される訳にはいかない。

姿は見えずとも、遠くから兄弟銃のはしゃぐ声が聞こえて来るような場所で〝そういった行為〟をするのには抵抗があった。

「……嫌？」

「嫌ではないですけど、ここでは……」

「うーん、そっか。残念だけど、仕方ないなぁ。僕もキミの嫌がる事はしたくないから」

「ごめんなさい」

ゼアはあっさりと手を引き、ウィーティスを背後から抱き込む様にして座った。背中に伝わる温かさと、身体を包みこまれている安心感に再度の眠気が込み上げて来る。

「やっ……」

ウトウトし、瞼《まぶた》を再び閉じかけた所で耳の穴に熱くぬるりとしたものが差し込まれる感触があった。反射的に耳を押さえ、振り返るとニコニコと微笑むゼアと目が合った。

「ゼ、ゼア様……！」

「何？」

「な、何って……！」

「そう警戒しないで。ちょっと耳を舐めただけだよ。大丈夫、キミの嫌がる事はしないって言ったでしょ？　……でもまぁ、キミが〝して欲しい〟って言うなら話は別だけどね？」

その言葉を理解する間もなく、耳を押さえていた手を外され再び熱い舌で耳を舐め回されていく。同時に腹部に緩く回されていた両手が妖しく動き始め、ウィーティスはどちらを止めれば良いのか一瞬混乱をする。

戸惑っている内に、隙を突かれて耳を舐め回されながら胸をやんわりと揉《も》まれる。止める間もなく、芯を持ち始めた両胸の先端を指先でくすぐられ、ウィーティスは喉を反らせて喘いだ。

「あっ……ゼア、さまっ……！」

「ここ好き？　いつも以上に腰が動いてる。もっと欲しい？」

「ん、んんっ！　だ、め……！」

「頑張るなぁ。じゃあこれは？」

ゼアは左手で乳首を捏《こ》ね回しながら、右手で陰核を下着越しにくすぐる。堪えきれずウィーティスが嬌声をあげた所で左右の手を入れ替え、また同じように愛撫を繰り返していく。

「あっ、あっ……！　ゼア、様……っ！」

「ん、可愛い。僕が欲しくなってきた？」

「ふあぁっ！　ほ、欲しい、です……っ！」

「フフ、良い子だね、ウィスタリア」

身体中に甘い刺激を与えられ続けたウィーティスは結局、追い詰められて懇願の言葉を口にする事になった。ゼアの思惑通りに何度も鳴かされ、好き放題弄られている内に段々と頭がふわふわとして来る。

ゼアはそんなにも妻に対して強い性欲を感じているのに『顔をはっきり認識出来るまでは処女を奪わない』という信念はどうしても曲げたくないらしい。今日は疑似セックスをする事もなく、指と舌で全身を嬲《なぶ》られただけで終わった。

何とも言えない状態のまま、疲れてゼアの腕の中で眠り、次に目覚めた時には昼になっていた。そこでまた昼食を互いの口に入れたりしてじゃれ合っている内に、時間はあっという間に過ぎ気づくと夕方近くになっていた。帰りの馬上でもずっと囁かれ続ける甘い言葉に、ウィーティスは心が満たされて行くのを感じていた。


そこからの一週間は水が流れるように過ぎて行った。ほとんど二人きりで過ごしていたが、最終日の今日はウィーティスの提案により四人で過ごすことにした。屋敷から離れた所でスピナキアとルブスを人化させ、この一週間で幾度となく行った池の辺でのんびりと過ごす。食事はロサに頼んで籠に入れて貰った。それを自分達で持って行き、極力兄弟が人目につかない様に配慮した。

「最近さ、おっさんの機嫌が良いんだよね」

「アスピスの機嫌の良し悪しは僕にはわからないけど、何でそう思うの？」

「最初オレ達が来た時おっさんさぁ、〝ガキは嫌いなんだよ〟ってすっげぇ冷たかったのに、今はちゃんと話をしてくれるんだ」

弾むように歩き、嬉しそうに話す兄弟達とそれをニコニコと聞くゼアの姿が実に微笑ましい。

「二人とも、あんまりアスピスの事を〝おっさん〟って言うなよ。彼だって不愉快になるだろう？」

「えー!? だっておっさん、五百歳を超えてるんだよ？ 人間で言うと三十五歳って言ってたし、普通におっさんだと思う」

「……あのね、僕だって二十八なんだからアスピスとそう年は変わらないよ。そうか、よく考えたらウィスタリアはまだ十六歳なのか。僕と十二も違う。それなら僕も〝おっさん〟だよね」

「そ、そんな事ありませんわ」

しょんぼりと呟いた後、本気で肩を落とすゼアをウィーティスは慌てて慰めた。

兄弟銃がゼアを揶揄《からか》っている声が辺りに響いていく。クスクスと笑いながら、ウィーティスは彼らとまるで本当の家族になったような気分になっていた。

その二日後、第一王子オルキスの呼び出しに応え王宮に向かったウィーティスは、忘れかけていた現実を痛烈に思い知る事になる。

「え、今日から二週間ですか？」

「うん。一週間ほど仕事を受けなかっただけなのに、何だかとんでもない数の依頼が入っていて」

四人で楽しく過ごした翌日、ゼアは朝早くから溜まっている依頼の確認をする為に登録している事務所に向かった。ゼアは個人の事務所を持っていないし、どこかの事務所に専属で雇われている訳でもない。開業している魔砲士事務所の幾つかに登録し、自分に合った依頼を回して貰う様にしているのだという。そして程なくして帰宅したゼアは、今日から二週間、依頼をこなす為に自宅を留守にすると告げて来た。

「一度に七件も僕宛てに依頼が入る事なんてないんだけどね。まぁでも、多分」

ゼアはそこで言葉を切った。その顔はどこか気まずげな表情をしている。

ウィーティスは一瞬にして悟った。早速、宰相達がゼアを良いように使い始めたのだ。

そしてゼアは、立場的にそれを断る事が出来ない。

「……お忙しいのは、良い事ですわ」

それに気づかないフリをし、何とかそれだけを口にした後ウィーティスは俯き唇を噛んだ。『王女ウィスタリア』はこの先こうやってゼアの足枷になって行くのだろう。

「ハハ、まぁね。キミに二週間も会えないのは寂しいけど、急いでこなせばもっと早く帰って来られると思う。頑張るから、良い子で待っていて」

「はい、お待ちしております」

「うん。じゃあ僕はちょっと準備して来るよ。キミはこの部屋にいて。出発する時にまた声かけるから」

「わかりました」

そう言うと、ゼアは足早に部屋を出て行った。装備品を置いてある二階の書斎に向かうのだろう。ウィーティスはその背を見送りながら、小さく溜息を吐いた。

（……良かったじゃない。これでこの一週間の遅れを取り戻せるわ）

もう、水晶を漬け込んだ『清浄水』は完成している。今朝早く、ゼアが事務所巡りをしている間に『声変わり』の解毒薬を水薬にしてガラスの小瓶に詰めておいた。

後はもう一つの薬を作れば良い。屋敷にゼアがいないのだから、徹夜すれば三日ほどで完成するだろう。

己の生存率を高めるには、薬は作れるだけ作っておいた方が良い。今回二週間もゼアが不在という事実は、喜ぶべき事態だ。

けれど、ウィーティスの心は浮き立つどころか沈み込んでいく一方だった。


ゼアは必要な荷物をまとめ、腰帯に取り付けた携帯袋にきっちりと詰めた。背嚢を背負う魔砲士《なかま》も多いが、動きが鈍くなるのでゼアは好まない。腰回りに荷物がある為に、兄弟よりも大きな霊銃であるアスピスを今回は置いて行く事にした。入念なチェックを終え、必要な装備品を全て持ったゼアは書斎の扉に手をかけた。だがその手を止め、少し考えた後、胸元に手を当て兄弟を呼んだ。

「スピナキア。ルブス」

「何？」

「ゼア、どうしたの？」

「……仕事に行く前に、キミ達のどちらかをウィスタリアと契約させたいんだけど」

「え⁉」

「に……じゃなくてお姫様と？　何で？」

心底不思議そうな兄弟の声に、ゼアは返答を暫《しば》し躊躇った。そもそも、『兄弟を引き離さない』という条件で契約をしたのだ。それを、こんな個人的な理由で覆しても良いものなのだろうか。

「いや、やっぱり良い。ごめん、今の言葉は忘れてくれるかな」

兄弟は何も言わない。呆れたのか、怒っているのか。ゼアは慌てて宥める様に胸元を撫でた。

「ゼア、もしかして浮気の心配とかしているの？　それでオレ達のどっちかに見張らせようって魂胆？」

「あー、そういう事？　それなら大丈夫だよ」

予想に反し、ヘラヘラと笑う兄弟達の言葉にゼアは顔を紅潮させた。決してそれだけを心配していた訳ではないが、その思いは確かにあった。今までそれなりに女性と関係を持って来たし、中には結婚を考える所までいった相手もいた。けれど、これほどまでに失いたくないと思った女性は初めてだった。

（顔もわからないのに。なぜこんなにも彼女に惹かれるのだろう）

顔ではない事は確かだ。何といっても、今の自分は他人の顔が分からないのだから。では、彼女の血統に惹かれたのだろうか。いや、それはむしろ邪魔なものと言っても良い。上手く言葉では言えない。ただ結婚式の時、初めて会った彼女の雰囲気に何となく惹かれた。

戸惑いの方が強かったこの結婚。その後も、夫婦として接して行く度に彼女を好きになり、今では共にいられるなら国に利用されても構わないとさえ思ってしまっている。けれど、それでこの兄弟の信頼を裏切る様な事をしたら、彼らを可愛がっている節のある妻はむしろ怒るかもしれない。

「浮気の心配とかじゃないけど、ともかく本当にごめん」

「ゼアは本当にゼアのお姫様が大好きだね。まぁ、ルブスの言う通り心配しなくても大丈夫だよ」

「うんうん、平気だよ、平気」

「……わかった。まぁキミ達がそういうなら」

こうなって見ると、王籍から抜けるまでは自由に外出が出来ないというのは良かったかもしれない。ゼアは初めて知った、己の内に眠る独占欲から目を背けながら妻の待つ階下へと急いだ。

「行ってらっしゃいませ」

「行って来ます。なるべく早く帰るからね」

「はい。お待ちしております」

ウィーティスは馬を駆るゼアに向かって手を振った。ゼアは名残惜し気に何度もこちらを振り返って来る。やがてその姿が完全に見えなくなったところで、ウィーティスは振っていた手を下ろした。

「では奥様、もう中へお入りください」

少し離れた所で見守っていたロサが背後からそっとレースの羽織物をかけてくれた。

ウィーティスは微笑む。このメイドは、普段は愛想がないくせに、こういった細やかな気遣いを時折してくれるのだ。

「……ありがとう。ねぇ、今はゼア様もいらっしゃらないのだから〝奥様〟って呼ばなくても良いんじゃない？」

「そういう訳には参りません」

表情を微塵《みじん》も変えないロサに、ウィーティスは思わず苦笑いを浮かべた。

「真面目なのね。じゃあ私、少し部屋で休むわ。夕食時間には自分で食堂に行くから」

「かしこまりました。それと奥様、明日の朝に王宮から迎えが来ます」

「わかった」

「……何かご用意がありましたら今の内にお申しつけ下さい」

「大丈夫。今のところ何もないわ」

　ロサと共に屋敷に戻ったウィーティスは、まず書斎に向かった。書斎の机の上には、ウィーティスの肘から中指くらいまでの大きさの巨大銃『魔銃アスピス』が銃嚢に入ったまま置いてあった。ウィーティスはそれを持ち上げ、自室へ運んで行く。護身用の武器としてではない。そもそも自分には扱えない。ただ何となく、ゼアの気配がする物をお守りがわりに側に置いておきたかった。

「さぁ、薬作りを頑張らなくちゃ」

　部屋に戻ったウィーティスはアスピスをベッドの枕元に置き、鞄に隠しておいたエプロンを身に着けた。そして薬草類を隠してある衣装箱に向き直り、くるくると腕まくりをするとまるで気合を入れるかのように両の頬をパチンと叩いた。

第四章　逃亡の始まり

王宮へ向かう日の朝。朝食を終えたウィーティスは、部屋で着替えを行っていた。その〝ふさわしい服装〟というものは信じられないくらい面倒なものだった。

「もー、髪飾りは一個で良くないですかー？　大体、どうしてこんなに仰々しい服装しなきゃいけないの？」

「……本日の面会相手は次期国王の第一王子オルキス殿下です。仮にウィスタリア様ご本人であっても、第一王子殿下に面会するにはそれ相応の身なりをして頂かないといけません。オルキス殿下は正妃様の御子で、ウィスタリア様は妾腹の第五王女ですから」

「ふぅん……」

　庶民からすれば母親が正妃だろうが愛妾だろうが、王族な事には変わりない。王族とはこうも面倒なものなのか、とウィーティスは内心で呆れていた。

「貴女は身代わりの、しかも庶民なのですから尚更の事です。はい、これでよろしいですわ。では私は迎えが来るまで表で待っております。迎えの馬車が来ましたらお呼びに上がりますから」

「はぁい」

「返事」

「……はい」

ロサが出て行った後、ウィーティスはギクシャクとした動きで長椅子に座った。ドレスが豪奢《ごうしゃ》過ぎて歩きにくい。こんな衣装を着て颯爽《さっそう》と歩ける王侯貴族を、初めて尊敬できる気がした。

「重い……眠い……」

長椅子に腰かけると、急速に眠気が込み上げてくる。昨夜は結局、ほぼ一睡もしなかった。お陰で二番目に欲しい薬は完成までおおよそ半分の所まで来た。今夜も眠らずに作業に没頭すれば、明日中には出来るだろう。ついでに簡単に出来る眠り薬と痺れ薬も作り、二つとも香水瓶に詰めておいた。

「んー、お迎えが来るまでちょっと眠っていても良いかな……」

襲い来る眠気に抗えず、ウィーティスはトロトロと微睡《まどろ》みの淵に落ちて行った。

どこか遠くから、聞き覚えのある声が聞こえて来る。

『ウィーティス・フォリウム。おい、起きろ』

——あ、またこの声。

ウィーティスはきょろきょろと視線を左右に動かした。その視線がある一点で止まる。ベッドの上に、先日の中年男が胡坐《あぐら》をかいて座っていた。

『なぁ、今日は王宮に行くんだよな？　じゃあ俺を一緒に連れて行けよ』

――え、何で？　……って言うか貴方、一体どこから入って来たの⁉

『最初から居たよ？　ほら早くしろ。そのやたらヒラヒラしたドレスなら俺を隠せる。銃帯を短く縮めて太腿に巻け。俺を外側に来る様にすれば歩くにも邪魔にならないから』

――ちょ、何言って……！

『早くしろ早く！　巫女騎士どもの魔力が近づいて来る。そろそろ迎えが来るぞ』

中年男は苛立った様に赤銅色の髪をガリガリと掻く。ウィーティスは取りあえず頷きながら、ベッドに向かうべく急いで立ち上がった。

「ん……」

ウィーティスはそこで目を覚ました。反射的に自分の身体を見下ろす。自分は確かに立ち上がった筈なのに、眠る前と同じく長椅子に座ったままだった。

「っ、そうだベッド……！」

ドレスを引きずり、急いでベッドに駆け寄った。だがあの中年男はどこにも見当たらない。ただ、昨日放ったままのアスピスが真っ白なシーツに沈んでいるだけだ。

「何よ、やっぱり夢なんじゃない」

溜息を一つ吐き、長椅子に戻りながら寝ぼけた頭を覚醒させるべく、こめかみをグイグイと押す。ふとウィーティスの脳裏に先ほど中年男の発した台詞が蘇って来た。

『銃帯を短く縮めて太腿に巻け』

「……銃帯。銃。それにあの人、〝最初からいた〟って……あっ⁉」

ウィーティスは音が出る勢いでベッドを振り返った。まさか、そうなのか。漸く事態を理解したウィーティスは、ベッドに駆け寄りながらドレスの裾を大きく捲《まく》った。


「やぁ、久しぶりだね、ウィーティス嬢」

「ご無沙汰、しております王子殿下……」

白蘭色の髪を持つアケルの第一王子オルキスに真っ直ぐ見つめられ、ウィーティスは知らず身体を竦ませた。王子の瞳は、優しげな光を湛えている様に見せかけてその実全く笑っていない。

「ゼアとは仲良くしているみたいだね。良かったよ」

「……はい」

「そうそう。ゼアは仕事で二週間留守にするのだって？　人気者は大変だね。まぁ彼の腕前なら依頼が殺到するのも当たり前か」

「……そうですね」

適当な相槌を打ちながら、ウィーティスは冷え冷えとした思いを感じていた。何て白々しい。こうして自分を呼びつける為、そして彼に己の立場を今一度認識させる為にわざと大量の仕事を回したクセに。

「あの、王子殿下」

「ん？　何？」

「ウィスタリア様は、帰国する事を納得されたのでしょうか」

ウィーティスの問い掛けに、王子は可笑しそうに笑った。

「納得も何も、あの子の意思は関係ないからね。それよりもゼアはどう？　霊銃と契約出来ていた？」

はぐらかされてしまった。きっと、こちらから情報を出さなければ何一つ教えてくれはしないのだ。ならば、とウィーティスは迷う事なくオルキスに告げた。

「契約完了まで後少しだと仰っていました。それと、三ヶ月もすれば目も正常に機能するそうです」

「ふぅん、三ヶ月、ね」

ウィーティスは全ての情報を教えなかった。王子に面会する直前までは、ゼアを裏切る覚悟でいたのに。自らの発言に戸惑うウィーティスを余所に、オルキスは顎に手を当て何やら考え込んでいる。ウィーティスはただじっと、王子の次の言葉を待ち続けた。

「……そうか。じゃあこの二週間で入れ替わるしかないな」

「え？」

予想外の言葉に、ウィーティスの思考が停止する。不敬という事実も頭から吹き飛び、ウィーティスは自分から王子に質問を浴びせかけた。

「あ、あの、もしかして王女様は……」

「ウィスタリアはもう本国《アケル》に帰国しているよ。帰って来たのは一昨日。さっきも言ったけどウィスタリアの意思はどうでも良いんだ。問題は蘇芳側だったのだけどね、黒鳶とウィスタリアが身体の関係を持っていた事を盾に強気に出て来たものだから、逆に黒鳶を落としてやった」

「お、落とした？」

「うん。幼い頃から留学していて幼馴染《なじみ》の様な間柄とは言え、同盟国の王女に手を出すような男だからね。性技に長けた女を送り込んだらあっさりと落ちたよ。後は行為の最中に踏み込んで不貞を糾弾して終わり。黒鳶の父親は責任を取って将軍職を退いた。蘇芳が誇る勇将だったのだけどね、残念だよ」

オルキスはクスクスと笑いながら肩を大袈裟《おおげさ》に竦めている。口では残念などと言いながら、実は全く残念とも何とも思っていないのはウィーティスですらわかった。

そんな王子の様子に、ウィーティスは段々と気分が悪くなって来るのを感じていた。

一体どこまでが計算だったのだろうか。ひょっとして全てではないのか。

そんな風に考えてしまうと、何もかもが疑わしく思えて来る。そもそもゼアが王女を娶る事になったきっかけでもある国境での紛争も、もしかして仕組まれたものだったのではないのか。

怖い。膝がガタガタと震えて止まらない。本当に自分は、何と言う事に巻き込まれてしまったのだろう。

「そうそう。今朝方ウィスタリアをこっそり街に連れて行って事務所に向かうゼアの姿を見せてやった。黒鳶に裏切られて、天真爛漫なあの子もさすがに傷ついていたよ。でも、ゼアの容姿にすっかり目を奪われた様子だった。〝なんて素敵な方なのでしょう！〟とはしゃいでいたよ。単純なものだよね」

「……それは、良かったです」

オルキスの言葉を聞いた瞬間、ウィーティスの胸に激しい痛みが走った。同時に朝のゼアとのやり取りが、頭の中に鮮明に蘇って来る。

『なるべく早く帰るから』

『お待ちしております』

まさかあれが、最後の会話になろうとは思いも寄らなかった。こんなにも急に別れの時が来てしまうなんて、ゼア様。貴方はもう、私のゼア様ではなくなってしまったのね。

ウィーティスは無言で俯いた。零れそうな涙を堪える為に、下唇をギリリと噛んだ。

「ウィーティス嬢。褒賞金を渡すから、隣の客間で待っていてくれるかな。手続きがあるからちょっと時間がかかるけど、お茶とお菓子を用意させているからゆっくりしていて」

「……ありがとうございます」

ウィーティスは折れそうな心を必死で支えながら、何とか笑顔を浮かべて見せた。これから始まるのだ。

愛も温もりも全て置き去りにした、たった一人の孤独な逃亡劇が。

ウィーティスはメイドに連れられ、王子の執務室横の部屋に連れて行かれた。部屋に入ると同時に、鼻先に甘い香りが香る。テーブルの上には、色とりどりの菓子類が綺麗に盛り付けられていた。

「どうぞ、おかけになって下さいませ、薬師様」

「ありがとうございます」

勧められるがまま、大人しく椅子に座りながら素早く部屋の中を見渡した。部屋の中には、ここまで案内してくれた髪の長い金髪のメイドと中でお茶の準備をしている黒髪のメイドの二人だけ。他に人の姿は見当たらない。もしかしたら扉の外に居るのかもしれないが、少なくとも部屋に案内された時には誰もいなかった様に思う。

恐れ多くも王宮内に『入れて貰った』庶民が逃げ出そうとしているなどと思ってもいないのか、逃げ出した所でどうとでもなると思っているのか。ただメイドしかいないこの状況なら、逃げ出すのもそう難しい事ではない気がした。

「どうぞ」

「ありがとうございます」

黒髪メイドが紅茶のカップを置いてくれた。礼を言い、カップを手に取ったウィーティスは微かな違和感を覚えた。

紅茶のカップが、ロサが淹れてくれた時とは比べ物にならないくらい熱い。

おまけに王宮で扱う茶葉は高級な品のはずなのに、紅茶の良い香りが全て飛んでしまっていた。

(新人さんなのかしら)

何となくそれを飲む気にはならず、カップをテーブルに戻す。

そして、目線をそっと自身の胸元に落とした。そこには翡翠の入った小袋を隠してある。ウィーティスはゆっくりと深呼吸をしながら、ドレスの上からさりげなく左右の太腿に手を振れた。右側には魔銃アスピスがいる。そして左のガーターベルトには『声変わり』の解毒薬が入ったガラス瓶。それに『眠り薬』と『痺れ薬』が入った小さな香水瓶を挟んでいた。アスピスが夢で自分を連れて行け、と言った時から何となく嫌な予感はしていた。大体、魔銃がついて行くと言いだした時点で何かが起こる事は決まっていたようなものだ。だから万が一の為に、作った薬と路銀の翡翠を持って来ていた。

メイドの様子を窺いながら、そろそろとドレスの裾を捲りあげて太腿から香水瓶を二つ、こっそりと抜き出す。それを手の中で握り込んだ所で、ウィーティスは異変に気づいた。右の太腿、アスピスを装着している部分が焼けるように熱い。

(ちょっと何⁉　こんな時に……！)

ひょっとして何か言いたいのだろうか。けれど、アスピスとは夢でしか会話した事がない。ウィーティスはチラ、と眠り薬の入った香水瓶を見た。量を調節すれば数分だけ眠る事が出来るかもしれない。いや、無理に眠る必要はない。多少でも意識をボーっとさせる事が出来れば、きっとアスピスと話す事が出来る。

迷っている時間はない。ウィーティスは手の甲にごく少量の眠り薬を吹き付けた。それを鼻の下に持って行き、そっと目を閉じる。鼻先に感じる薬草の微かな匂い。それを静かに嗅いでいる内に、疲れと緊張も相成り頭が段々ぼんやりとして来る。

『お前、案外無茶するな。このまま眠り込んだら終わりだぞ？』

来た。ウィーティスは急いで辺りを見渡した。けれど赤銅色の中年男はどこにもいない。

──アスピス。貴方はアスピスでしょ？　どこにいるの？

『……お前の右腿にいるだろ。だから出て来られない。それよりも油断するな。このメイドは二人とも巫女騎士だ。何か仕掛けるなら二人同時にやらないと返り討ちに遭うぞ』

──巫女騎士!?　……だから紅茶の淹れ方が下手だったのね。

『あぁ。因みに出されたモノに絶対手を付けんなよ。俺と似た匂いがする。恐らく全部に毒が仕込まれているはずだ』

──わかった。後は何かある？

『説明がメンドくせーから省くが、お前は俺を使える。加減は俺が考えるから心配するな。だから何かあったら迷わず俺を使え』

──うん。ありがとう。

「……師様。薬師様。いかがなさいました？」

「え……？」

肩を揺すられ、我に返ったウィーティスの目の前には、黒髪メイドの不思議そうな顔があった。

「いえ、何でもありません。ちょっと疲れちゃって」

「左様でございますか。あ、お茶が冷めてしまいましたね。新しいのをお淹れ致します」

黒髪メイドはカチャカチャと音を立てながらカップを下げていく。

もう一人の金髪メイドは果物の乗ったケーキを前に、右手に大きなケーキナイフを持っていた。

〝切る〟行為はさすがにお手の物なのだろう。流れるような手つきで巧みにケーキを切り分けている。

ウィーティスは大きく息を吸い込んだ。ここからは時間との勝負になる。

全ての事を迅速に行わなければならない。そしてメイド達の視線が自分から離れた瞬間、ウィーティスは甲高い悲鳴をあげた。

「きゃあっ！　テーブルクロスの下に虫がいる！」

「え？　虫でございますか？」

ケーキを切っていた金髪メイドが、ナイフを置いて近づいて来た。怖がる素振りなど微塵も見せない。もちろん巫女騎士が虫ごときで悲鳴をあげるはずはない。

だがこれではメイドに扮している意味がないのでは、とウィーティスは密かに苦笑した。

「どこですか？」

「クロスの奥に入っていったかも。多分毒虫だと思います」

毒虫、という言葉に金髪メイドは眉をしかめた。そして片手をあげて黒髪メイドを呼ぶ。

「ちょっとここでクロスの端を持っていて。毒虫を処理するわ」

「わかった」

黒髪メイドがテーブルに素早く駆け寄った。クロスの端を摑んで持ち上げ、金髪メイドが中を覗き込む。黒髪メイドも気になるのか、首を傾げて中を覗き込んでいた。

（今だ！）

ウィーティスは香水瓶を握り直した。そして息を止め、二人の顔に向けて眠り薬を思い切り吹き付けた。

「うわっ⁉」

「っ！　この、貴様……！」

本性を現した巫女騎士達は、片手で顔を覆いながらもウィーティスに向かって摑みかかって来る。ウィーティスは素早く後ろに下がりながら、二人の顔面に向けて今度は痺れ薬を吹き付けた。

「クソ、薬師ごときが……！」

こちらを睨み付けながら、二人の巫女騎士は床に崩れ落ちて行く。

ウィーティスは二人が完全に沈黙したのを見届けた後、ガーターベルトから『声変わり』の解毒薬を抜き取った。それを一気に飲み干し、空になったガラス瓶を二つの香水瓶と共に無造作に床に放り捨てた。

「次は服を貰わなきゃ」

ドレスのままで逃亡は出来ない。逃げるためには変装をする必要がある。

ウィーティスは身に付けていた髪飾りに耳飾り、首飾りなどもどんどん外して放り投げ、最後に邪魔なドレスも脱ぎ捨てた。そして眠れる巫女騎士達を見下ろし、体格の確認をする。

「うん、こっちかな」

自分と似た背格好なのは黒髪の方だった。

ウィーティスは躊躇う事なくその身体からメイド服を剝がし、それらを急いで身に着けた。そこまでやってのけた後、再びある事に気がついた。巫女騎士は短髪の者が多い。現に黒髪は短髪だった。ウィーティスは金髪メイドの髪を摑み、ゆっくりと引っ張った。

「やっぱり！」

ウィーティスの手の中には、金髪の鬘《かつら》があった。これは何よりの収穫だ。そして全ての準備を終えた後、ウィーティスは窓に向かって走り、開けようと試みた。しかし窓はびくともしない。

「嘘、開かない……！」

よくよく見ると、外からしか鍵が開けられない仕様になっている。その鍵は虹色に光る魔導金属で作られていた。ウィーティスの背中に冷たい汗が流れる。この部屋は、入った人間を決して逃がさない造りになっている。

ウィーティスはメイド服の裾から手を突っ込み、『魔銃アスピス』を抜いた。巨大な銃は、まるで羽根のように軽い。そのアスピスを構え、迷う事なく鍵の部分に向かって引き金を引いた。

魔力を変換した銃弾が音もなく目標に向かって着弾する。すると頑丈な魔導金属がみるみる内にボロボロと溶けて崩れていった。

「す、すごい……」

確かゼアは、アスピスについて『腐毒弾が使える』と言っていた。けれどまさか、魔導金属をも腐食させる事が出来るなんて。そう感心しながら窓を押し開け、バルコニーに飛び出した。下を覗き込んでも兵士の姿は見当たらない。本来なら出られるはずがない部屋なのだ。見張りはまた別の所にいるのだろう。

ウィーティスは周囲を見渡し、逃げ道を探した。そしてあるものを見つけた。バルコニーの手すりには、蔦《つた》が複雑に絡みついている。

「これくらいなら、降りられるわ」

アスピスを元通りに収納し、出来るだけ太く絡み合っている蔦を選ぶ。その蔦をしっかりと摑み、ウィーティスは階下へ向かって素早く滑り下りて行った。

ウィーティスは無事地上に下り立った後、今しがたまでいた部屋の方を見上げた。上階からは何の音も聞こえない。ウィーティスの逃亡は、まだだれにも気づかれていない様子だった。

「じゃあ今度はこれを被って、と」

周囲を確認した後、奪って来た金髪の鬘を素早く被った。特徴のある葡萄色の髪を隠したところで、漸く気持ちに余裕が出て来た。ウィーティスは焦らず、空を見て方角を確認した。

「太陽の位置から見ると……ここは北ね」

現在自分が居る場所が北。アケル王宮の正門へは南側の橋を渡って来た。となると、食材や衣装、装飾品などの搬入業者が使用する門は反対側の北、つまり自分の近くにあるはずだ。ウィーティスは真っすぐ北に向かって駆け出した。走り出して数分経った頃、大きな酒樽《さかだる》を幾つも積んだ馬車が前方をゆっくりと進んでいるのが見えた。恐らく酒樽を搬入した後で、空になった酒樽を引き取って帰る所なのだろう。王宮の敷地内では一定の速度しか出せないのか、馬車はかなり進みが遅い。ウィーティスは両足に力を籠め、馬車に向かって全力で走った。

アケル宰相ピペル・ニグルムは背中に大量の汗をかいていた。

王女ウィスタリアが帰還したのだから、あの身代わりの薬師の娘は早急に始末すると思っていた。だが、王子オルキスからは娘の処遇について何の命令もなかった。

だから神官長に相談をしたのだ。今、王子の斜め後ろに立っている若き神官長は澄ました顔で控えている。ピペルはそろり、と上目で様子を窺った。王子はまだ何も言おうとしない。ただ腕を組み、無言で机の上を眺めているだけだった。

王子の執務机の上には、金貨の入った袋と共に一振りの短剣が置かれていた。

もちろん、ピペルはその短剣が何を意味するのかを良く理解している。ピペルは短剣を凝視していた。そしてどうかそれを手に取ってくれ、と祈るような気持ちで見つめていた。

「……お前はどう思う?」

「ど、どう思うと仰いますと?」

短剣と金貨を無表情で眺めていた王子に突然話しかけられ、ピペルは肩をビクリと跳ねさせた。

「あの薬師の娘。アーテルほど賢くはないがウィスタリアほど愚かではない。薬の知識は役立つだろうし、ゼアとも良好な関係を築いている。今後ウィスタリアは王籍から外れて平民として暮らす訳だけど、あの娘はそもそも平民だし何の苦労もないだろうね」

「は、あの、仰っている意味が……」

王子の言葉の意味が分からず、ピペルは焦りも忘れて困惑の表情になった。そんな宰相を面白そうに眺めながら、オルキスは短剣を指でトントンと突いた。

「葡萄狩り。お前、どちらを摘み取るべきだと思う?」

「で、殿下、それは……!」

数秒の後、意味を理解したピペルは真っ青になった。言葉が口をついて出ず、ただパクパクと口を動かす事しか出来ないでいた。

「あぁ、その様子だとお前、葡萄を勝手に摘んだのだね。私の命令も待たずに、独断で」

「も、申し訳……！」

内心、叫びだしたい思いを必死で堪えながらピペルはそっと神官長の顔を盗み見た。冷たく整った顔は相変わらず無表情で、目を合わせようともしない。ピペルは内心で歯噛みをしていた。この男の進言に従い、薬師の娘が王宮に呼ばれた時点で〝特別なもてなし〟の用意をしたのだ。それなのに、ここに来て宰相である自分を切り捨てるつもりなのか。

神官長から目線を外し、今度は隣の部屋に目を向ける。薬師の娘を部屋に案内してから既に三十分が経過していた。あの娘は随分と緊張していたようだし、菓子はともかくお茶は口にしているだろう。恐らくもう、何もかも手遅れになっているに違いない。ピペルは後悔と恐怖で気を失いそうになっていた。

「残念だな、使いやすい子だと思ったのに。仕方がない。ここは異母妹《いもうと》の幸せでも祈ってやろうか」

オルキスはそう言うと、短剣を手に取り執務机から立ち上がった。そのままゆっくりとピペルに近付き、その手に短剣を握らせた。ピペルは青褪めながらも、しっかりと短剣をかき抱く。オルキスはクスッと笑いながら、宰相の耳元に向けてそっと囁いた。

「ウィスタリアは温室育ちだし、ゼアが留守中に屋敷に強盗でも入ろうものならひとたまりもないだろうね。もしそんな事になったりしたら、ゼアにはまた新しい相手を用意してやらないと」

ピペルは目を大きく見開き、紙のように白くなった顔でガクガクと頷いた。葡萄狩りは、まだ終わってはいなかったのだ。

「……所詮、アレは接《つ》ぎ木の葡萄だからね」

オルキスは笑みを浮かべながら、ピペルの肩をポンと叩くと神官長を伴い執務屋を出て行った。

王宮から脱出して約一時間後、ウィーティスは屋敷の前に居た。幸運な事に、飛び乗った馬車は屋敷のかなり近くを通ってくれた。見知った路地が見えた所で荷台から飛び降り、屋敷まで急ぎ駆け戻った。

「うん、まだ追っ手は来ていないみたい」

荷台の後ろで息を殺しながらも、周囲の警戒は怠らなかった。けれど、屋敷の方向に向かって早馬が走って行く気配はなかった。これならば、仮に自分の逃亡が発覚していたとしても急いで用事を済ませれば屋敷に連絡が来るまでに十分逃げ切れる。

ウィーティスが危険を冒してまでわざわざ屋敷に戻って来たのには理由が二つある。

一つはアーテル王女から貰った黒桔梗のブローチを取りに来たという事。王宮に向かう際、薬とアスピスを隠し持つ事を優先した為にそれなりの大きさのあるブローチは置いて来ざるを得なかったのだ。そもそも王宮に呼ばれたその日の内に逃亡する羽目になるとは思っていなかった。もう一つの理由は、そのアスピスを屋敷に置いて来る為だった。

「ごめんなさい、アスピス。でも、貴方にはこれからもゼア様を守って貰わないといけないから。今日は本当にありがとう」

礼を述べた瞬間、右腿に痛いほどの熱を感じた。アスピスが抗議しているのだろうか。けれど、アスピスを連れて行ったらゼアに身代わりの事がばれてしまうかもしれない。

それだけは絶対に避けたかった。ゼアには何も知らないまま、ただ幸せになって欲しかった。自分を騙した『ウィーティス・フォリウム』という女の存在など、一生知らないままでいて欲しい。今なら、心からそう思える。

「急がなきゃ」

ウィーティスは堂々と、屋敷の正面から入っていった。コソコソとしている時間が惜しかったからだ。中に入ると、使用人達はウィーティスのメイド服姿を見て目を白黒させていた。そこでウィーティスは、彼らに向かって何でもない事のように言った。

「これはちょっとしたアレなの。すぐに王宮に戻るから心配しないで」

『王宮に戻る』

その言葉が彼らを安心させたのか、使用人達はすぐに警戒を解いた。ウィーティスは軽く頷き、自室へと急ぐ。廊下を歩いていても、屋敷内をウロウロとしていた護衛が今は一人もいない。全員、王宮へと帰ったのだろう。彼らはウィーティスが〝二度と戻らない〟

であろう事を知っていたのだ。

「……」

ウィーティスは脳裏に浮かんだ恐ろしい現実を振り払う様に、音を立てて書斎の扉を開けた。そして未だ熱を発し続けるアスピスを銃帯ごと外し、銃身に軽くキスをしたあと元通り机の上に置いた。

「さようなら、アスピス。ゼア様を必ず守ってね」

赤銅色の巨大な魔銃は何も言わない。ひょっとしたら何か言っているのかもしれないが、起きている今はそれを聞き取る事は出来ない。

ウィーティスは書斎を飛び出し、走って自室へと向かった。着替えの服とアーテルのブローチを持ったらすぐに出よう。メイドが主の使いで街に出かける事はよくある事だ。しばらくはメイド服のままでも何とかなる。着替えるのは後でも良いだろう。

そう考えながら、自室の扉を蹴破る勢いで開け、転がる様に部屋の中へと飛び込んだ。

「あ……」

部屋の中には一人の人物がいた。手には、若草色のワンピースと黒桔梗のブローチを持っている。

「お探し物は、これでございますか？」

「ロ、ロサ……」

ウィーティスの顔が、絶望に染まる。反対にロサの顔色は一切変わらない。

無表情なメイドは、いつもの通り感情の窺い知れない顔でウィーティスを静かに見つめていた。

ウィーティスはゆっくりと後ろに下がった。ロサの存在を忘れていた訳ではない。ただ彼女は、普段は朝の身支度とお茶の時間に給仕をする以外はほとんどウィーティスの近くにはいない。だから別の仕事でもしているのだろうと、すっかり油断をしてしまっていた。

背中に冷たい汗が流れて行く。もう手元に薬はない。頼みのアスピスはたった今書斎に置いて来てしまった。せっかく頑張って王宮から逃げ出して来たのに、自分の命はこんな所で尽きてしまうのだろうか。

ロサが一歩、近づいて来る。逃げなければ、と思うのに、もうそれ以上足が動かなかった。

「ハァ、ここまでかぁ……。ごめんなさい、もう逃げないわ。お城から人が来るまで大人しくするって約束する。一応聞くけど、まさかここで殺したりはしないわよね？」

ウィーティスは両手を胸の前にあげて降参の意を示した。近づくロサは何も答えず、その顔色は変わらない。そして目の前まで来たロサは、ウィーティスの右手をグイと掴んだ。

「……こちらへ」

「え？」

「早く」

ロサは手を掴んだまま、戸惑うウィーティスをグイグイと引っ張って歩き出した。向かう先は浴室へと繋がる隠し通路。それを確認した途端、ウィーティスは吐き気が込み上げて来るのを感じた。きっと、入浴中の事故に見せかけて溺死させるつもりなのだ。

それは勘弁して欲しい。ウィーティスは引っ張られるがまま歩きながら、その事を必死に訴えた。

「ねぇ！　ねぇ、溺死は止めてくれない？　私、お城で十分怖い目に遭って来たのに、死ぬ時まで苦しい思いしたくないんだけど！　他にも刺し殺すとか切り殺すとか、色々あるでしょ？　ねぇちょっと！　聞いている？」

ロサは何も答えない。それに苛立ち、尚も言い募ろうとした瞬間、急にロサが振り返った。そして相変わらず無言のまま、持っていた着替えを差し出して来た。

「な、何よ」

「さっさとこれに着替えて下さい。後、少しうるさいです。もう少し静かに出来ませんか」

「うるさくもなるわよ、自分の死に方に関してなんだから！　……って、着替える？　どうして？」

「良いから早く」

半目で睨むロサの圧に押され、戸惑いながらも渡された服に着替える。脱ぎ捨てたメイド服は、ロサが無造作に隠し通路の端に蹴っ飛ばしていた。

「では、これも」

差し出されたのは、アーテルのブローチだった。反射的に受け取りながら、ウィーティスは声を抑えながら恐る恐る聞いた。

「あの、私を殺さないの？　もしかして助けてくれるの？」

「はい。そう命令されていますから」

「誰に？」

「アーテル様に、です」

「アーテル様!?」

事も無げに言われ、ウィーティスは益々混乱をした。なぜ、アーテル王女が？　確かに忠告をして貰った。それに黒桔梗のブローチを渡してくれた。けれど、そこから先は自分でどうにかしろ、という意味合いを含めていたはずだ。このように、ある意味反逆とも取られかねない直接的な手助けをする意味は一体何なのだろうか。

「……アーテル様は非常に聡明《そうめい》な方です。お考えの根本はオルキス殿下と同じく為政者のものですが、殿下は全てを薙《な》ぎ払い、そうして出来た瓦礫《がれき》の中から自身が必要とする宝石のみを拾いあげる御方です。アーテル様は宝石の位置を調べあげ、被害を最小限に抑えながら全ての宝石を集めてしまわれる方です」

正直、ロサの言っている事は半分も理解出来なかった。ただ、どうやら殺される事はないらしい。

「良かったぁ……。じゃあ一刻も早く港に行かなくちゃ。もうそろそろ私が逃げ出したって連絡が来ると思うの」

「屋敷に連絡が来るのはもう少し後でしょう。まさか貴女がわざわざ屋敷に戻って来ているとは思っていないはずですから。私も窓から貴女が帰って来るのを見て仰天しました」

ロサの呆れたような声に、ウィーティスは身を竦ませた。

「どちらにしても、いつまでも鬘でやり過ごすのは無理ですよ。まずはこの薬を完成させてからの方が良いでしょう」

「え?」

ロサはエプロンのポケットから小さな小瓶を取り出した。どこかで見た事のあるそれに、ウィーティスはまじまじと小瓶を見つめた。小瓶には桃色の粉末が詰まっている。

「あ! それ……!」

それは昨夜遅くまで作成に励んでいた、もう一つの『絶対に必要』な薬の未完成品だった。

「これは〝色変え〟の魔法薬でしょう? これでその葡萄色と瞳の瑠璃色を入れ替えないと、逃げ切るのは厳しいと思います。ついでに解毒薬も作っておかれては?」

「で、でも! 〝色変え〟の薬は解毒薬の方が作るのに時間かかるのよ? 私別に、髪の色なんてもうどうだって良いし……」

そもそも、この葡萄色の髪が全ての元凶なのだ。むしろ永遠に変わったままでも良いと思っていた。

「そこは取りあえず置いておいて、まずは屋敷を出ましょう。浴室から別の隠し通路を使えば屋敷の外に出る事が出来ます。潜伏先は私の実家。実家といっても、時々私が帰るくらいで今は誰も住んでいませんからご安心を」

「あなたの実家に？　罠《わな》とかじゃない？」

「実家に連れ込む手間をかけてまで罠にはめるくらいなら、今ここで貴女を拘束しています。ともかく、薬が完成するまではそこに隠れていてください。食料品も必要な薬の材料も全て運び込んであります」

「あ、ありがとう……」

浴場に入った後、ロサは慣れた手つきで壁の一角を動かした。現れた隠し通路に二人して足を踏み入れ、しばらく無言で歩き続ける。気持ちが落ち着いた今、ウィーティスの瞼の裏には玉蜀黍色の髪がゆらゆらと揺れていた。

（ゼア様……）

胸に過るは、叶うはずのない願い。けれど今、ゼアに会いたくて仕方がなかった。

激しい銃撃音が周囲に鳴り響いていく。それと共に、巨大な王水猪《おうすいしし》が吹き飛んで行った。ゼアは構えた銃を下ろさないまま、素早く周囲を見渡した。仲間がやられた事で興奮状態に陥ったのか、牙の端から黄白色の涎を溢《こぼ》す王水猪の群れがジリジリと近寄って来ている。

「スピナキア、ルブス、行くよ」

「いいから！　早く撃って！」

「俺達、魔力いっぱい残っているから連射して、連射！」

いつになく攻撃的な台詞を吐く兄弟を不思議に思いながらも、ゼアは異形の猪の群れに対して銃撃を放った。

引き金を引くと同時に、白い軌跡と黒い軌跡がまるで先を争うかのように空気中に描かれて行く。

「……ん？」

ゼアは首を傾げた。神銃と魔銃、二丁の銃弾は次々と王水猪に命中していく。だが、着弾スピードが普段よりも随分と早い気がする。

「うわっ！」

飛び散って来た血飛沫《ちしぶき》を、ゼアは後方に飛んで躱《かわ》した。着地しながら、微かに眉根を寄せる。この状態にも疑問が湧く。兄弟にしては、何と言うか〝雑〟な気がするのだ。

いつもなら、ここまでゼアに血が飛んで来るようなある種強引とも言える攻撃はしないはずなのに。

「やったよ、ゼア！」

「もう生きている王水猪の気配はないよ！」

「わかったわかった」

ゼアはそう相槌を打ちながら、それでも周囲を慎重に確認した。兄弟の言う通り、もう動く王水猪は見当たらない。今の一群がこの辺りで最後の群れだったのだろう。

確認が済んだと同時に、ゼアは後方に控えていた採集士達に片手をあげて合図を出した。途端に、背中に中和剤を背負った採集士達が一斉に前方に駆けていく。王水猪は体液が強酸で出来ている為、中和剤を撒かないと亡骸に触れるどころか近づく事すらも出来ないのだ。

「あー、疲れた。ちょっと休憩……」

「ゼア！　ゼア、次の仕事は⁉」

「ねぇ早く！　早く次のお仕事しようよ！」

「え？　うんうん、ちょっと待ってね」

胸元で騒ぎ立てる兄弟を適当にあしらいながら、ゼアは手頃な切り株に腰かけ水色の丸薬を二粒ほど口に含んだ。それは大瓶二本の水を固めた魔法薬。飲めば胃で溶けながら、一日に必要な水分をゆっくり身体に吸収させてくれる。非常に高価な丸薬だが、その利便性故にゼアは水筒よりもこの魔法薬を常に持ち歩く。

「はぁ、ちょっと一息つけたかな」

水分を補給した後、ゼアは座ったまま目を閉じた。家を出てから一週間。碌《ろく》に眠らず休まず働き詰めだった。仕事をこなして早く家に帰りたいと思っていたからだったが、それでも十日位で帰る事が出来れば良いと思っていた。

不思議なのは兄弟達で、最初の方はむしろ休めとゼアを諌《いさ》めていた。なのに、ここに来て仕事を急ぐよう妙に急かして来るようになった。

お陰で後は、ここから少し東に行った所にある古い砦の跡地に巣を作ってしまった骨喰《ほねばみ》鳥《ちょう》の討伐をすれば今回の依頼は全て終わる。

胸元で、兄弟がそわそわとしているのが伝わって来る。何をそんなに焦っているのか分からないが、聞いても答えてくれないのだ。この兄弟銃とは魂の馴染みが良いのか、言葉を交わさなくてもこの様に気配である程度の感情は察知出来る。けれど、言葉で伝えてくれない事にはどうしようもない。

「ゼア、まだ？　まだ休憩必要？　じゃあ寝ていても良いよ？　その代わりオレを出して。そしたら報酬を受け取って来るから」

「……この依頼の報酬は出来高制だからね。採集士達が望むものをどれだけ得られたかで報酬が変わるの。だから彼らの作業が一段落するまではここで待ってなきゃならないんだよ」

「えー……」

「あのさ、ずっと聞いている事だけど何でキミ達そんなに焦《あせ》っているの？　そりゃ僕だって早く帰りたいけど……」

「……」

予想通り、兄弟は何も言わない。

（問い詰めるのもどうかと思うしなぁ）

よく分からないが、ともかく報酬を受け取ったら兄弟の望む通りに砦に向かおう。確かに、その方が早く帰れるという利点がある。ゼアは、愛しい妻の姿を思い浮かべた。

葡萄色の髪に柔らかな身体。『藤霞』の香り。本当はこの香りよりも、何もつけていない時の方が好みではあるのだが、それでも彼女の全てが愛おしくて堪らない。

「早く会いたいなー……」

会いたい。顔はまだ見えないけれど、会って抱き締めたい。

ゼアは空を見上げた。彼女も同じ気持ちでいてくれたら良いのに。そう祈るような気持ちで思っていた。

活気溢れる朝の市場。ウィーティスは買い物かごを下げ、食材の買い物をしていた。

ロサの実家に潜伏して三週間近くが経ち、『色変え』の解毒薬も無事に完成した。

ここまで手助けしてくれたアーテル王女は一昨日、無事に蘇芳に嫁いで行ったらしい。

ウィーティスは明日にでもアケルを出国するつもりでいる。だから最後の夜は世話になったお礼にロサに食事でもご馳走しよう、と食材を買いに来たのだ。

「やっぱり、早朝の市場には人が多いわ」

フェイツイリューで暮らしていた時も、少し歩いた所に大規模な市場があった。

品揃えはかなり異なるが、歩いているだけで十分楽しい気持ちになる。

「えーっと、ロサはお魚が好きなのよね」

魚屋に向かって歩く途中、ふと手作りと思しきアクセサリーを売っている出店に目を留めた。無造作に広げられた布の上には、金細工や銀細工、宝石の欠片などを使って作られた髪飾りや耳飾りが置いてある。それらは全て、一つとして同じ形の物はない。

「わ、可愛い」

「おはようお嬢さん。これ、全部一点物だから良かったら見てって。そうだね、アンタのその綺麗な髪ならこの金細工の髪留めとかどう?」

「素敵！　どうしよう、買っちゃおうかな」

店主の魅力的な言葉に、ウィーティスは買い物途中という事も忘れて腕を組み悩んだ。

ウィーティスがここまで堂々と顔を晒して歩いているのには訳がある。既に『色変え』の魔法薬で髪と目の色を入れ替えているのだ。

今、ウィーティスの髪は深い瑠璃色をし、瞳は葡萄色になっている。ロサの提案で胸元まであった髪も肩に少しかかる位の長さまで切り、見た目は『王女ウィスタリア』として過ごしていた時とは全く別人になっていた。

ウィーティスの逃亡はちょうど二人がロサの実家に向かった辺りで発覚したらしい。

ロサの言っていた通り、屋敷に連絡が来たのは夕方近くになってからだったと言う。

「ですので、驚いておきました。そんな事が起こり得るのですか!?　と」

「え、どういう意味?」

「まさか、〝宰相閣下直属の巫女騎士が素人に出し抜かれた挙げ句に無様に気絶するとは思わなかった〟という意味を込めました」

「あ、そう……」

ロサは相変わらず辛辣だ。ウィーティスはそう感心しつつ、ロサの話に耳を傾けていた。

「男性王族や貴人の警護は同性の神官騎士と決まっていますが、直属の部下に関してはその決まりは適用されません。けれど、同性の部下を持つ事がほとんどです。しかし宰相閣下の部下はほとんど女性の巫女騎士。その意図は明白でしょう。現に、実力ではなく見目で選ばれたという噂もありますし」

ウィーティスは王宮での事を思い出す。あの時は必死でメイドの顔など碌に見ていなかったけれど、確かに二人とも顔立ちは整っていた気がする。

「直属ともなると、潜入などの任務も含まれます。にもかかわらず、紅茶の淹れ方で違和感を抱かれるなど愚の骨頂。見た目で選んだツケですね」

でも、とロサは声を落とした。

「……宰相閣下はあんな人ですが、外交は非常に得意な方です。ですから王家も多少の事は目を瞑っていました。ですが、この度第三王女殿下アーテル様と蘇芳の皇太子様との縁談をまとめたのは宰相補佐官。補佐官様は神官長の従兄弟にあたる方なのですが、年若いながらもめきめき頭角を現して来ています。その事に対して、閣下は非常に焦っておられるようですね。だからそこを利用され、碌に確認もせず貴女の暗殺を企てた」

「利用……？」

ロサは口元に小さく笑みを浮かべながら、首を横に振った。

「貴女はそこまで知らなくても良いでしょう。それよりも今、閣下は全力で失態を挽回しようとしているはずです。そのお陰で、貴女には時間の猶予が出来ました」

「どういう事？」

ウィーティスの問いかけに、ロサは無言で手を伸ばし瑠璃色の髪を優しく撫でた。

「……貴女の髪、本当に綺麗な葡萄色だとアーテル様が仰ってました。それに、とても手触りが良いと。さぞかし手入れに気を使っていたのですね」

「ええまぁ、そうだけど。……ん？　あれ？」

手触り。手触りとはどういう事だろう。確かにアーテルには初めて会った時に「瑞々しい」と言われた記憶はあるが、触られた事などない。困惑するウィーティスに、ロサは髪から手を離しながら楽しげに言った。

「勝手に暗殺を企てた挙句に対象者に逃げられた。けれど、〝始末した証拠〟があれば話は別。例えば対象者を象徴するもの。そんなものが存在するなら、喉から手が出るほど欲しいでしょうね」

「対象者を、象徴するもの？」

ロサの手が離れた後、何となく髪を触っていたウィーティスは漸《ようや》く気付いた。暗殺対象者、すなわち自分を象徴するものは葡萄色の髪。そしてその髪は『色変わり』の薬を飲んだ時に切ってしまった。

　――他ならぬ、ロサの提案で。

「……切った私の髪を、アーテル王女に渡したのね」

「えぇ」

　ロサは澄ました顔をしている。話は理解出来たけれど、ウィーティスはどこか寂しい気持ちになっていた。髪を勝手に持って行かれたのは別に構わない。王女には親切な忠告も受けたし、命も助けて貰った。けれど、それを説明して欲しかった。分かっている。

　ロサの主はアーテル王女で、自分はただの無力な庶民。決して友人にはなり得ないのだ。

「それでも、話して欲しかったな……」

　ポツリと呟くウィーティスの声が聞こえたのか聞こえなかったのか、ロサは淡々と続ける。

「アーテル様は来月には蘇芳の皇太子の元へ嫁がれます。あの御方が貴方を守れるのも蘇芳に行くまでの間。貴女はそれまでの間に逃亡すれば良い。アーテル様は蘇芳に向かう直前に、宰相に貴女の髪を渡すでしょう。そうすれば、彼は殿下に貴女を始末した証拠を提出出来る。そこにもはや貴女の生死は関係ない」

「……私の髪の毛を手に入れるまでは、何もして来ないと？」

「ええ。閣下が本気で探せば貴女などあっという間に見つかってしまう。けれどそれはしないでしょう。アーテル様は自分に与する者には寛大でいらっしゃいますが、一度牙を剝いた者には殿下以上に容赦がございません。閣下はそれをよくお分かりでいらっしゃるかと」

ウィーティスは無言でロサを見つめた。ロサも無言で見返して来る。

「……よくわかったわ。私は、逃亡先に蘇芳を選べば良いのね？」

ロサは何も答えない。けれど、無感情な瞳に宿った微かな何かが、それを肯定しているように思えた。

「何だか王女様の手の平の上って感じね。まぁ蘇芳とフェイツイリューは近いから、また薬局を開くにしても仕入れには困らないかな。王女様の為なら毒薬でも禁薬でも用意してみせるわよ。フェイツイリューには禁薬や秘薬の類が幾つもあるもの。私を助けたのもそれがお目当てなのでしょ、どうせ。フェイツイリューは縁故を重んじる国だから、いくら王族でも他国人には手に入らないものもある。……と言っても、資金がないからいつになるかわからないけど」

ウィーティスは冗談めかして呟く。だがもちろん、頼まれたならそれがどんな事でも全力で応えるつもりだった。思惑が何であれ、助けて貰った恩を返さない訳にはいかない。

「……お金を出して貰えば良いじゃないですか。薬局の開業資金くらいあの方なら出せると思いますが」

「えー、そこまで王女様にご迷惑をかけられないわよ。大丈夫。頑張って働いてお金貯めるから。まずは借金を返すところからだけど」

ウィーティスは吹っ切れたのか、きゃらきゃらと楽しそうに笑う。その顔を、ロサは無言で見つめていた。

二人での食事は、思っていたよりずっと楽しかった。主に喋るのはウィーティスだったが、ロサも穏やかに受け答えをしていた。

「ロサに兄弟はいるの？」

「ええ、妹が二人います」

「やっぱり！　ロサってなんだかお姉さんっぽいもの。……もしかして、私が妹さんと重なったとか？」

「自惚れも大概にして下さい。私の妹はもっと優秀です」

「何よ、ひどいじゃない……」

ウィーティスは頰を膨らませる。ロサは澄ました顔で、空の皿をそっと前に押し出した。

「ご馳走様でした。とても美味しかったです」

「良かった、お口に合って」

――ロサはいそいそと片づけを始める薬師の後ろ姿を無言で見つめていた。

その瑠璃色の髪には、可愛らしい金細工の髪留めがついている。次いで、目の前の皿に視線を移した。彼女が作った魚料理はとても美味しかった。屋敷の料理人と比較しても遜色ないその腕前、新鮮な魚が豊富に獲れる蘇芳だとより生かされるだろう。

「……貴女の手料理、一番に食べたのが私だと知ったらあの方はさぞかし悔しがるでしょうね」

「ん？　何か言った？」

「いえ、何でも」

ロサには薬学の知識はない。けれど、この娘が薬師として類稀《たぐいまれ》なる腕を持っている事はわかった。彼女には言っていないが、実は護衛騎士達は大抵の薬物に耐性を持っている。彼女達の実力が足りなかったとはいえ、巫女騎士二人を一度に昏倒《こんとう》させるなど、なかなか出来る事ではない。

薬師としての才能は申し分なく、本職の料理人並みの腕前を持っている。

はっきり言ってこれほどまでに『毒殺』に適した人材はいないだろうと思う。

だが、ロサはそれをアーテル王女に伝える気はなかった。王女は賢く思慮深く、そして慈悲深い。けれど、決して『善人』という訳ではないのだ。

（私とした事が、情に流されてしまうなんて）

最初は、むざむざと利用されている憐《あわ》れな娘を軽蔑していた。けれど、ゼアに切なげな眼差しを向けながらも懸命に感情を抑えるその姿に、前に向かって歩こうと必死に言い聞かせている健気な横顔に、いつしか同情の念を抱くようになった。

信じがたい事だが、今の胸の内はひょっとしたら限りなく『友情』に近いものなのかもしれない。

「……後は、貴方がどうにかなさる番ですよ」

ロサは目を伏せ、ごくごく小さな声で一言ポツリと呟いた。

第五章　妻と夫

「旦那様。旦那様ったら、早く起きて下さいな」

涼やかな声と共に体を揺すり起こされ、ゼアはのろのろと目を覚ました。

全身がだるい。その上、泥のように重い。不意に、鼻先に『藤霞』が香る。この香りがするという事は妻が起こしに来たのか、と頭の片隅でぼんやりと思っていた。

「おはよう……今、何時……?」

「おはようございます旦那様。けれどもうお昼前ですわ？　いい加減起きてお食事を召し上がって下さいませ」

「あぁ、うん……」

ゼアは気だるい身体を持ち上げ、何とか上体を起こした。途端に眩《まぶ》しいほどの日の光が両目に突き刺さり、その光の強さに思わず身体がよろめいた。支えようと伸ばされた妻の手を丁重に断り、あちこち跳ねた玉蜀黍色の髪を乱暴にガリガリと掻く。

「またお酒を召し上がったままお一人でお眠りになったのね？　妻である私を放ったままで、何てひどい旦那様なのでしょう」

「ハハ……ごめん、ごめん」

表情はまだわからないが、妻が膨れっ面をしているのが分かった。だが何故だろう。抱き締めて甘い言葉を囁き、機嫌を取ってやろうとはどうしても思えなかった。

そもそも仕事から帰ってからこの二週間近く、ゼアは一度も妻と寝室を共にしていない。頬や額に軽いキスはしても、深いキスは帰って来た時の一度きりだけ。自分でもどうしてなのかよくわからない。だがともかく、気持ちが落ち着かないのだ。この訳の分からない感情は一体何なのだろう。

それは帰宅した時に感じた違和感から始まり、今もずっと続いている。

ちょうど二週間前。兄弟銃に急かされるがまま、砦に巣食う『骨喰鳥』を迅速に討伐した。この依頼の報酬は、仕事を斡旋《あっせん》して来た魔砲士事務所から直接受け取る事になっている。ゼアは討伐が済み次第、急ぎ帰路についた。そして手続きを済ませ報酬を受け取り、自宅へと帰り着いた時には家を出てから約十日間が経っていた。

予定していたよりも、随分と早い帰宅に逸る気持ちを抑えながら、自宅に向かって馬を走らせる。屋敷の前に差し掛かった時、門の前に誰かが立っているのが見えた。近づく度に鮮やかに映る、焦《こ》がれていた葡萄色。

「あ……」

「お姫様、だ……」

胸元で兄弟が呟く。この時、ゼアはおや、と思った。兄弟は妻ウィスタリアに懐いていた。久しぶりの再会にもっと喜んでも良いはずなのに、どちらかと言えば困惑しているように感じる。

「ねぇ」

「……ゼア」

過った違和感について問い質そうとした時、それを遮るようにスピナキアが小さく声をあげた。

「何？」

「ちょっとさ、ボク達なんだか疲れちゃったんだよね。だから当分お姫様とお喋り出来ないと思う。お姫様もきっとわかってくれると思うんだ。だから、それでよろしく」

「オレ達は二人の邪魔したくないんだよ。お姫様もゼアと二人になりたいだろうから、オレ達の事はいないフリした方が良いと思う。それよりもオレ達、おっさんに早く会いたいんだけど」

「アスピスに？　何で？」

ゼアは首を傾げた。確かに最近よく話すとは言っていたが、いつの間にそこまで仲良くなったのだろう。

「ほら、留守中のお姫様の様子とかゼアも気になるでしょ？　霊銃同士はある程度離れていても念話でやり取り出来るんだけど、何て言うか、おっさんの方がランク低いじゃん。

だから離れすぎると片言《カタコト》の内容しか伝えて来られないんだよね。そこの所を詳しく聞いておかないとさ」

「わかった。じゃあ、聞いた話を後で僕にも教えて」

「あー……、うん。まぁ、うん」

その時、ゼアの胸の内に二度目の違和感が湧いた。兄弟は妻の『留守中の様子を聞きたい』と言った。だが同時に『アスピスは片言しか伝えて来られない』とも言った。

それはもしかして、任務中に何度かアスピスから連絡が来ていた事を示しているのではないのか。だとしたら、兄弟は何故それを自分に言って来ないのだろう。ひょっとして兄弟が途中からやけに仕事を急かして来たのはその辺りの事が何か関係しているのではないだろうか。

「あのさ、キミ達。もしかして、僕に何か隠して――」

「旦那様！」

耳に聞こえる涼やかな声。風に乗って鼻腔をくすぐる妻の香り。ゼアは一瞬にして兄弟とのやり取りを忘れ、馬を急がせ愛する妻の元へと向かった。

「お帰りなさいませ、旦那様」

「ただいま、ウィスタリア」

馬から飛び降り、穏やかに佇む妻の身体を思い切り抱き締めた。華奢《きゃしゃ》で柔らかい身体。以前出かけた時に、馬上で抱き締めたよりも更に頼りなくなった気がする。ゼアは衝動的に顎を持ち上げ、妻に深く口付けた。欲望のままに小さな口の中に舌を差し込み、妻の舌と絡め合う。次いで聞こえる、激しい水音。

いつもなら身体を強張らせ、逃げるように腰を引く妻が積極的に口づけに応えている。

深く長い口づけが終わり、銀糸を引く舌を離す。既にゼアの下半身は完全に勃ちあがっていた。

「……驚いた。ずいぶん積極的だね。そんなに寂しかった?」

「はい。旦那様のお顔を早く近くで見たくて堪りませんでしたわ」

「フフ、僕もだよ。まだよく見えないけどね」

今すぐにでも触れたいけれど、さすがに人目のある外では難しい。おまけに帰って来たばかりで身体中が埃《ほこり》っぽいし、我に返ると汗の匂いも少しする気がする。こんな有様で妻に触れるのは気が引けるし何よりも恥ずかしい。ゼアは妻の手を引き歩きながら、ともかく早く風呂に入ろう、と思っていた。

「明日もお仕事なのですか?」

「ううん、明日は一日休みだよ。明後日からはまた仕事。でも、こんなに長く家を留守にする事はないと思うよ」

「……旦那様がそこまでお働きにならなくても。私、お兄様に申し上げておきますわ」

「え⁉　いやいや、それは駄目だよ。だって」

ゼアはそこで口を噤んだ。結婚して初めてかもしれない。妻が『王家』を感じさせる発言をしたのは。今までは、そんな事は一度たりともなかったのに。

「お帰りなさいませ、旦那様」

何となくモヤモヤとした思いを抱えたまま屋敷内に入る。急に王族らしさを出して来た事への不快感ではないのは確かだった。だが、この胸に渦巻く思いの意味も理由もわからない。どことなく苛立ちながら歩を進めると、正面にメイドのロサが出迎えてくれていた。

お辞儀は深く丁寧であるものの、相変わらず不愛想で冷たい無機質な声音。

だがなぜか、変わらぬその態度に深い安堵を覚えた。ゼアはそんな自分にひどく戸惑う。

「ウィスタリア様。旦那様はお仕事帰りですから、これからお身体を清めて頂きます。ウィスタリア様は居間でお待ち下さい。お茶の準備がしてあります」

「では旦那様、出来るだけお急ぎになってね。せっかくお会い出来たのに、すぐに離れ離れは寂しいですわ？」

「うん、なるべく早く行くよ」

妻は繋いでいた手をスルリと離し、居間に向かってふわふわと歩いて行く。そんな妻の背を見つめながら、ゼアは名状しがたい違和感が膨れ上がって行くのを感じていた。

上手く言えないが、妻とロサとの会話の何かが引っかかる。でもそれが何なのかよくわからない。ゼアは謎の混乱状態に陥っていた。久しぶりに会った愛しい妻を前に、なぜこんな考えを抱いてしまうのだろう。

「旦那様。どうかなさいましたか？」

「いや別に。……僕の留守中、特に変わりなかった？」

「はい。何か気になる事でも？　どんな事でもお聞きくださいませ」

「ううん、大丈夫。変わりないなら、それで良いよ」

こんな風に考えてしまうのは、きっと疲れているからに違いない。

お湯でも浴びれば気分も晴れるだろう。そう考え、浴室へ向かおうとロサに背を向けた。途端に、背後から微かにチッ……という音が聞こえた。

ゼアは思わず後ろを振り返った。ロサは姿勢良くピシリと立ったまま、『何か？』というような雰囲気を出しながらこちらを向いている。

（……僕の気のせいか。はぁ、舌打ちされたのかと思っちゃったよ）

自分はどうも疲れすぎているらしい。何もかもがおかしく思えて来る。ゼアはロサに向けて誤魔化すような笑顔を浮かべて見せながら、逃げるように二階の書斎へと走った。

そして書斎に兄弟を置き、浴室に向かい熱い湯を頭からかぶる。おかげで身体は綺麗になったし疲れもかなり取れた。けれど、胸の中の嫌な燻《くすぶ》りは消えてくれない。

いつの間にか、下半身の昂《たかぶ》りもすっかり鎮まってしまっていた。

「どうしたんだろう、この気持ちは……」

あんなに早く家に帰りたかったはずなのに。あんなに早く妻に会いたかったはずなのに。自分は一体、どうしてしまったのだろう。まさか、たかだか十日間離れていただけで愛が冷めてしまったとでもいうのだろうか。いや違う。そんな訳はない。予想以上に疲れているだけだ。明日には元に戻るし何も感じなくなる。ゼアは熱い湯で顔をバシャバシャと洗いながら、必死でそう自分に言い聞かせていた。

夕食を終え、部屋に戻ったゼアは一人でベッドに腰かけていた。下履きをずらし、そこから顔を出す性器を片手で握り一心不乱に擦る。手を動かす度に、部屋の中にぐちゅぐちゅという淫猥《いんわい》な水音が響いた。ゼアは勃ちあがった己の性器を激しく上下に擦りあげていた。しばらくその単調な動きを繰り返している内に、段々と射精感が込み上げて来る。

『ゼア様』

目を閉じ、己の名を呼ぶ可愛らしい声を思い浮かべる。そして、胸の尖りを引っ掻いた時にビクビクと跳ねる身体。意地悪を続けた時にイヤイヤと首を振る、愛らしい仕草。時折、甘えたように頬をすり寄せて来たりして、我慢を試されたりもする。

それらを思い起こしながら、性器を扱く手を一段と激しく動かしていく。

「うっ……！」

やがて訪れた射精感にブルリと身を震わせ、手の平に思い切り吐精した。

指の間から白濁した熱い液体がこぼれ落ちていく。ゼアはその様子をぼんやりと眺めていた。

後始末を終えたら、今日も夜は一緒にいてやれないと妻に伝えなければならない。ゼアはのろのろと立ち上がり、やがて大きな溜息を吐いた。

「旦那様、今夜もウィスタリアを独りぼっちにしてしまわれるの？」

「ごめんね。ちょっと仕事の予定を整理しないといけなくて」

帰宅してから二週間が経っても、ゼアの予想と期待に反し気持ちのザラつきは一向に治まらなかった。むしろ悪化していると言っても良い。

何と言っても、妻に対して下半身が全く反応しなくなってしまったのだ。原因は未だわからない。抱き締めた時の感触が少し頼りなさ過ぎるのは、以前王子が言っていた偏食に基づくものに違いない。だからその変化はきっと関係ない。それに髪の色も纏う香りも声も、以前と変わらない妻のままだ。にもかかわらず、妻がぴったりと寄り添って来ても一切の欲を感じなかった。

可愛いとは思う。庇護《ひご》欲も湧く。けれど、性欲だけがどうしても湧いて来ない。不能になった訳ではないのは確かだった。自慰をする時には普通に勃起出来ているからだ。

けれど勃ちあがったモノを擦りながら毎回思い浮かべるのは、目の前のウィスタリアの痴態ではなく必ず池の辺りでじゃれあったあの時の感触だった。

「じゃあもう行くね。おやすみウィスタリア。良い夢を」

「……おやすみなさいませ、旦那様」

不貞腐れた様子の妻の頬に軽くキスをした後、もはや逃げ場となっている書斎に閉じ籠り、内側からしっかりと鍵をかけた。ゼアは棚に手をかけ、そこから本ではなく琥珀《こはく》色の液体が入った瓶を取り出した。

中にはかなり強い酒が入っている。ここの所はこうやって酒を飲まないと眠れないようになってしまっていた。そしてゼアは酒に弱くはない。眠るに至るまでには、相当量を飲む必要があった。

「……ゼア。あんまり飲み過ぎないで」

「そうだよ。きっと、あの、お姫様だって心配するよ？」

銃の姿のままの兄弟が心配そうに声をかけて来る。

「大丈夫だよ。僕はお酒には強い方だから。それに、ウィスタリアは僕よりも構って貰えない自分自身の心配をしているだけだ」

「ゼア……」

「……ごめん。ちょっと嫌な言い方になっちゃったね。ここのところ、気分が落ち着かなくて」

兄弟はそれ以上何も言わない。ゼアはグラスに注いだ酒を舐めながら、横目で霊銃達を見た。アスピスとの話については話してくれたが、その内容に関して、特に気にする様な事は何もなかった。

『お姫様には、特に変わりなかったみたいだよ』

『おっさんが今度街に連れて行けって言ってる。え？　あぁ、何か探しものをしたいんだって』

『ボク達が急いでいた理由？　それはその、おっさんが途切れ途切れに何か言っているからちょっと心配になっただけ。言わなかったのはゼアに余計な心配かけたくなかったから』

『そうそう。そんなに深い意味はないよ』

アスピスの探し物とやらが多少気になるし、今はあまり家に居たくない。明日の休みにでも街に連れて行ってやろう。ゼアはそう思いながらグラスに再度酒を注いだ。

「……ゼア」

「ん？　何？」

「ボクもルブスもおっさんも、あ、おっさんはついでかもだけどともかく、ボク達はゼアの味方だからね？　約束は守るけど、契約者はゼアだからゼアの言う事なら何でも聞く」

「ハハ、ありがとう」

〝約束〟という言葉に多少の引っかかりは覚えたものの、スピナキアの健気な言葉にゼアは顔を綻ばせた。言われるまでもなく、今や心安らぐのはこの霊銃達の側に居る時だけなのだ。

「ゼア」

「ん？　今度はルブスか。何だい？」

「オレ達に聞きたい事あったら何でも聞いて。何でも」

「……？　うん」

今日は二人ともヤケに甘やかしてくれるな、とゼアは内心不思議に思っていた。それほどまでに自分の様子がおかしいという事なのだろう。この屋敷で変わらないのは、あの不愛想なメイドのロサだけだ。

（そういえば、ロサを同じ事を言っていたな。〝どんな事でもお聞き下さい〟って）

不意に、帰って来た日のロサとウィスタリアの会話が蘇る。

『ウィスタリア様。お茶の準備が出来ております』

『旦那様、出来るだけお急ぎになってね』

「……あ」

――わかった。あの時に感じた二人の会話の違和感が。いや違う。会話ではない。会話になっていない事がおかしかったのだ。

いつものウィスタリアなら、ロサに対して「ありがとう」と言ったはずだ。あんな風に存在を無視したような態度は絶対に取らない。あんな風にメイドが自分の為に動くのは当然、とでも言うかのような態度は、〝彼女〟ならば絶対に。

その時、ゼアの頭の中に一つの仮説が浮かんだ。それはあまりにも馬鹿げた考えだと言えた。だが、今の自分は他人の顔が分からない。髪色を抜きにすれば、背格好の似た別人を何人か連れて来られたら人物の見分けは全くつかないのだ。だが、すぐにその荒唐無稽な考えを頭から振り払った。

「それはさすがにないか。そんな事をする意味がわからない。平民に王女を嫁がせるのが急に嫌になったとか？　だから最初から身代わりを立てた？　いや、だったら結婚自体を止めれば良いだけだ。何を考えているんだ、僕は」

身代わりも何も、あの葡萄色はそうある色じゃない。やっぱり飲みすぎかもしれない。ゼアはグラスを置き、酒瓶を元の棚に戻した。

「……旦那様、か」

そう言えば、帰って来てからただの一度も、自分は妻に名前を呼んで貰っていない。あの可愛らしい言い方で『ゼア様』とは、一度も。

これ以上は考えるのを止めた方が良い。頭の中の声はそう言っている。この先に進んでしまったら、何か良くない事が起こりそうな気がする。けれど、心が何かを叫んでいるのも確かだった。ゼアは少しの間考え、やがて意を決した様に、兄弟銃に向き直った。

「……何でも聞けって、言ったよね」

「うん。うん！」

「そう言った。僕達そう言ったよ、ゼア！」

「……じゃあ、一つだけ。ちょっとおかしなことを聞いても良いかな」

書斎の中に、にわかに緊張感が走る。それを感じながら、ゼアはゆっくりと口を開いた。

最後の晩餐《ばんさん》の翌日。旅立ちという名の逃亡の朝。ウィーティスはまだ薄暗い早朝に起床し、身支度を整えていた。瑠璃色の髪に金の髪留めをつけ、若草色のワンピースに踵の高い茶色い短靴《ブーツ》を履き、鏡の前で確認をする。

「うん、これで大丈夫。動きやすいし、長い船旅でも疲れ無さそう」

着替えを済ませた後、ロサが用意してくれた革製の斜め掛け鞄を持った。それなりに大きめなその茶色の鞄の中には、着替えと黒桔梗のブローチ、それに『色変え』の解毒薬と、空き時間に作っておいた幾つかの薬が入っている。最初、ウィーティスは解毒薬を置いて行こうと思っていた。逃亡先はウィスタリア王女がかつて留学していた蘇芳なのだ。むしろ元の葡萄色に戻す必要はないと思っていた。だがロサの強い勧めで、一応持って行く事にした。

「ロサ、今までありがとう。……と言っても、また蘇芳《むこう》で会えるのよね？」

「私はアーテル様、つまり〝皇太子妃殿下〟の側付きになりますから、そう頻繁《ひんぱん》にはお会い出来ないかと思います」

「そっか。それでも良いわ、知り合いがいるのは心強いし」

ロサは無表情で頷いている。ウィーティスは小さく笑った。ロサは不愛想で無表情だけど、雰囲気を感じ取れば意外に色々な感情を持っている事が分かる。今はきっと、〝優しく微笑んでいる〟状態のはずだ。

「じゃあ行って来ます……っていうのも変ね。またね、かな？」

微笑みながら小首を傾げるウィーティスの目の前に、スッと何かが差し出された。それは、干した植物の蔓《つる》で編まれた帽子だった。それには、ガラスで作られた小さな葡萄が飾りとしてついている。

「あ、これ……」

「先日、街で見かけたもので。今の時期はどこも日差しが強いですから」

ロサの冷たい顔から紡がれる柔らかな言葉。それは、夢も愛も奪われ、命すら脅かされていたウィーティスにとって何よりも嬉しいものだった。早速それを被り、改めてロサに向き直る。

「……私、今回の件については正直思い出したくない事の方が多いの。でも、そのお陰で貴女とお友達になれたのは幸運だったかも」

ロサは無言で見返して来た後、フフンと鼻で笑った。

「あーひどい！　私本気で思っているのに！」

「私の友人を名乗りたいなら、油断せず無事に逃亡する事ですね」

「何それ。ホント冷たいんだから」

ウィーティスは口を尖らせながら、ロサと並んで玄関に向かった。もうこの国に戻って来る事はない。その事はほんの少しだけ寂しい。けれど、暮らす国なんてどうだって良いのだ。どこに居たって何かを失う事はあるだろうし、何かを得る事だって出来る。

「またね、ロサ！」

「ええまた。お気をつけて、ウィーティス。貴女の行く先に幸多からん事を」

そしてウィーティスは早朝の澄んだ空気の中に飛び出して行った。まだ辺りは薄暗いのに、目に見える景色はどこか光輝いて見える。後ろはもう、振り返らなかった。

　ゼアは両脇の兄弟と、腰のアスピスを確認した。銃帯に緩みはなく、全員きっちりと収まっている。そして彼らを隠すように黒のコートを羽織った。そして書斎の扉を開け、『妻』の待つ階下へと向かう。これから自分がやろうとしている事がいかに非情で無謀な事か、ゼアには良く分かっていた。それでも、止めるつもりはさらさらない。

　本当に欲しいものは、自ら動かないと手には入らないのだから。

　そう覚悟を決め食堂に降りて行くと、メイドが一人、入り口に背を向けたまま朝食の準備をしていた。そこにウィスタリアの姿は見当たらない。

「おはよう。ウィスタリアは？」

「おはようございます旦那様。奥様はまだお部屋です。そろそろいらっしゃるのではないでしょうか」

　ゼアはその声を聞き、ピクリと片眉を上げた。なぜロサがここに居る。いつもウィスタリアを連れて来るのは彼女の仕事ではなかっただろうか。

「……珍しいね、キミがウィスタリアの世話をしてないなんて」

「私は元々アーテル様付きですから。アーテル様が蘇芳に嫁がれた今、私も近々蘇芳に異動になります。ですから、ウィスタリア様のお世話は他の者に引き継がせて頂きました。そのお陰で少し時間が出来ましたので、今朝早くに旅立つ友人を見送る為に昨日から実家に帰っておりました」

　ゼアは思わず不愛想なメイドの顔を見た。まさかこのメイドから『友人』という言葉が出て来るとは思わなかった。

「何か？」

「いや別に。その、キミの友人ってどんな人？」

「……なぜ旦那様が私の友人を気にされるのです？」

「え？　いや深い意味はないんだけど。まぁ、うん、そうだね。キミ、あんまりそういうアレじゃないと思っていたから」

「……友人がいなさそうという事ですか」

——途端に、周囲の温度が下がった気がした。ゼアは慌てて弁解に走る。

「違う、違う！　ごめん、そういう訳じゃ……！」

そこでゼアは信じられないものを見る目になった。ロサが笑っている。表情が分からなくても、それははっきりと分かった。何故ならば、ロサは声を出して笑っていたからだ。

「そうですね、ご想像の通りです。私には、友人はほとんどと言って良いほどいません。いえ、いませんでした。けれど初めて出来たのです。その友人はお人好しで努力家。素直でころころと表情が良く変わります。薬作りの腕がかなり良く、我慢強いように見えて寂しがり。でも咄嗟の行動力には目を見張るものがあります。彼女と過ごした期間はそう長くはないですが、私は彼女の幸せを心から祈っています」

ゆっくりと言葉を紡ぐ、ロサの慈愛に満ちた声。その表情は、きっと温かさに包まれているのだろうとゼアは確信を持っていた。

「すごいね、そのお友達。キミにそこまで言わせるなんて」

「そうですか？　でもそうですね、確かに贈り物までしたのは初めてかもしれませんね」

「へぇ。何を贈ったの？」

「葡萄の蔓で編んだ帽子です。可愛らしい葡萄の飾りが、彼女にぴったりだと思ったので」

「葡萄の、飾り……？」

ゼアは掠れた声で呟いた。まさか、その『友人』とは。

「ねぇロサ。その――」

「あら旦那様。おはようございます」

ロサに問い質そうとした正にその瞬間、背後から涼やかな声が聞こえた。ゼアは動きを止め、そしてゆっくりと振り返った。

「……ウィスタリア、様」

「まぁ、急にどうかなさいましたの？　旦那様、今朝はお早いのですね」

『妻』の無邪気な声に、ゼアの胸は酷く痛んだ。自分はこれからこの少女に残酷な事を告げる。そもそも彼女も被害者なのだ。だがそれでも、ゼアの気持ちは揺るがなかった。例えこの無邪気な王女を傷つけても泣かせても、絶対に『彼女』を取り戻す。

そう心に誓っていた。

ゼアはコートを翻し、ウィスタリアの前に跪いた。

「……申し訳ございません、ウィスタリア様。僕は貴女の夫にはなれません。愛する人がいるのです。貴女と同じ葡萄色の女性を、僕は心から愛してしまった。これから僕は彼女を追います。逆に僕は国から追われる事になるでしょう。貴女に危害が加えられる事はないと思いますが、無礼を心からお詫びいたします。本当に申し訳ございません」

そう一息に告げたあと、返事を聞かずに立ち上がった。そのまま早足で扉の方に向かう。許しを請うつもりはなかったし、護衛が取り押さえにかかって来た場合、ここで反撃をするのは危険だと判断したからだ。

「お待ちになって、旦那様」

静まりかえった部屋の中に、ウィスタリアの声が響いた。ゼアは一瞬足を止めた。そして再び歩き出そうとしたゼアの手に、たおやかな手がふわりと触れて来た。

「……旦那様。先日、城付きのメイドが言っていたそうですわ？　宰相ピペルが、お兄様のお部屋に葡萄色の髪を一房持って入って行ったと。貴方様の〝葡萄の君〟はもはやこの世にいらっしゃらないかもしれないのですよ？」

王女の衝撃的な発言に、ゼアの視界がグラリと揺れる。次いで込み上げる吐き気に、反射的に口元を覆った。そんな馬鹿な。嘘だ。だが本当だとしたら？　ではロサの〝友人〟とは〝彼女〟の事ではなかったというのか？

「……ゼア、大丈夫だよ。ゼアのお姫様は無事だって、おっさんが」

動揺を隠せないゼアに向かい、声を潜めて囁きかけて来たのはスピナキアだった。

その言葉を聞いた途端、吐き気が嘘のように引いて行くのがわかった。彼女が生きている。ならば一刻も早く捕まえ、そしてこの手で守らなければ。

「それでも、僕は行きます。彼女の無事を信じていますから」

最後にそれだけを言い、ゼアは靴音を鳴らし走り去った。もう、心の中には何の迷いもなかった。


ウィスタリアは寂し気な、それでいてどこか羨ましそうな顔でゼアの去った方向をずっと見ていた。

「あの方のあんなに必死なお顔、初めて見ましたわ。とっても素敵ですわね。……お兄様に結婚をするように命じられた時に、すぐに応じていればあの眼差しは私に向けられていたのかしら」

歌うように呟きながら、ウィスタリアは胸元から小さく折りたたまれた紙切れを取り出した。それを広げ、書かれている文字をじっと見つめる。考えるまでもない。魔砲士ゼアは一途な男だ。あっさりと裏切った黒鳶と違い、きっと心から大切にしてくれただろう。

だが、どれだけ後悔してももう遅い。

「……おっしゃる通り、愚かさの代償はとても大きかったわ、お姉様」

ウィスタリアは聡明な異母姉の顔を思い浮かべた。姉が蘇芳へ嫁ぐ前日、言われた言葉は今でも胸に突き刺さっている。その姉はもういない。冷酷な異母兄オルキスは、魔砲士一人すら引き留められない、役立たずの自分にすかさず次の政略結婚を強いて来る事だろう。

それでも、諦めなければいつか幸せになれるかもしれない。

ウィスタリアはテーブルに並べられた空のスープ皿の中に紙切れを落とした。次いで指先に極小の火魔法を展開し、その紙切れに触れた。一人分の名前が書かれたその紙切れは、一瞬にして灰になっていった。


街の中心地に向かう度に、一人二人とすれ違う人々が増えて行く。

早朝市場の準備だろうか。朝採れと思しき瑞々しい野菜やピンとした新鮮な魚などが次々と店頭に並べられていく。

「あ、このお魚美味しそう！　昨日入荷してくれてればロサにご馳走出来たのに」

これから向かう蘇芳には、魚を生で食べる習慣があるらしい。他にも魚を死なない程度に切り刻み、そのまま食べるという料理もあると言う。ちょっとゾッとするが、ほんの少し興味はあった。

この市場街を抜ければ、あと三十分ほどで船着き場に着く。そこでウィーティスは考えた。最初の船が出発するまでまだ一時間以上もある。蘇芳に到着するまで十日ほどかかる事だし、今の内に船内でちょっと摘まめる日持ちのするお菓子や砂糖漬けの果物などを買っておいても良いかもしれない。

ウィーティスは辺りを見渡した。まだほとんどの店は準備中だが、中にはもう果物などを売り始めている店もあった。そちらの方に向けて歩き出したウィーティスの脳裏に、ふと嫌な光景が蘇る。

以前視た、まるで予知夢の様な夢。あの時逃げる女は、葡萄色の長い髪をなびかせながら大きなトランクを持っていた。今の自分は瑠璃色の髪に帽子を被り、鞄を斜めがけにした、似ても似つかない姿になっている。けれど、ロサの言う通り油断はしない方が良い。

「買い物が済んだら船着き場の近くで待機しようかな。何かあったら直前に船に駆け込めるし。うん、その方が安全かもしれない」

国を移動する越境船の内部は、到着先の国土になる。それ故に乗船時のチェックが厳しい。ウィーティスは船の切符こそ持っていないが、アーテル王女から貰った黒桔梗のブローチを持っている。

これを渡された時、王女は『港で見せなさい』と言っていた。という事は、乗船窓口にいる従業員は全てアーテル王女の息がかかっていると考えて良いだろう。ブローチさえ見せればすぐに乗船出来るのであれば、やはり船着き場付近でひっそり待機するのが得策だ。タラップに一歩でも足を踏み入れていれば、仮に襲われても船の乗組員達が黙ってはいないし、これ以上に安全な所はない。

先行きに光が見えた事で、ウィーティスの足取りは軽いものになっていた。

ウィーティスはしばらく市場街をうろつき、干し果物屋の前で足を止めた。店先には色々な干し果物が並んでいる。その横に、干し葡萄やオレンジの皮にナッツなどを焼き込んだ大きなバターケーキが置いてある。このくらいの大きさなら、一週間は保つかもしれない。

「すいません、これ一つ下さい」

奥の方で何やらガサガサと作業をしていた、店主らしき女性がひょっこりと顔を上げた。

「あーごめんなさい！　ここに並んでいるケーキ、ホントついさっき遠出する傭兵隊に全部売れちゃったの。今、その準備をしていたんだ。申し訳ないけど、追加分が後十五分くらいで焼き上がるからここで待っていて貰えない？」

「はい、わかりました」

時間にはまだ余裕はある。ウィーティスは大人しく待つ事にした。

「本当にごめんね？　ちょっとこれでも飲んでいて」

そう言うと、店主の女性はウィーティスに大きなグラスに入ったオレンジジュースを押し付けて来た。

そして作業を終えた後、そのまま包んだケーキを何個も抱えて慌ただしくどこかに走って行く。

ウィーティスはオレンジジュースを持ったまま、無造作に置いてあった木箱の一つに座った。さわさわと、頬に触れる朝の風が気持ち良い。そしてバターケーキが焼ける甘く香ばしい香り。『油断しない』と誓っていた気持ちはどこへ行ったのか、ついついすっかりくつろいでしまっていた。

——だから、彼らの接近に気づくのが遅れた。

今いる干し果物屋のすぐ目の前。ふと顔をあげると、通りの向かい側に二人の少年が歩いているのが見えた。法蓮草色の髪と木苺色の髪。霊銃兄弟スピナキアとルブスだった。

「嘘でしょ……」

少年達はキョロキョロとしながら、何やら真剣に話をしている。ウィーティスは咄嗟に編み上げ帽子を目深に被った。今から隠れるには接近され過ぎている。妙な動きをして彼らの注意を引くよりも、何事もない風を装ってやり過ごした方が良い。何と言っても、今の自分は瑠璃色の髪になっている。長さだって以前よりも短い。じゅうぶん誤魔化せると思った。

「……」

少年達の声が近づいて来る。

ウィーティスは何食わぬ顔でオレンジジュースを啜《すす》りながら、帽子越しにそっと少年達の様子を窺った。スピナキアの腕には、大きく細長いものが抱えられている。

形状的に恐らくアスピス。だが、霊銃達だけで街中をうろつくはずがない。必ず近くにゼアがいる。ウィーティスは嫌な汗が滴り落ちて来るのを感じていた。

ウィーティスはゆっくりと深呼吸をした。まずは落ち着かなくては。彼らが自分を追って来たとは限らない。ただ単に仕事で来ているだけかもしれない。

「え⁉　おっさんホント⁉　偽お姫様の気配がするの⁉　どこ⁉」

「おーい！　偽お姫様！　どこにいるの？　出ておいでー！」

前言撤回。ウィーティスは咄嗟に口を押さえ、込み上げて来た悲鳴を抑えこんだ。

嫌な予感が当たった。この二人は、いや、魔砲士ゼアは間違いなく自分を探しに来たのだ。

それを理解した途端、目元がみるみるうちに熱くなり涙が盛り上がって来るのを感じた。あぁ、なんて事だろう。あの腹黒王子ときたら、よりにもよって追っ手にゼア様を差し向けて来るなんて。

「……偽お姫様？」

ふと、目の前に影が差した。そして、恐る恐るかけられた声。ウィーティスは大きく息を吸い込んだ。そして溢れかけた涙を指で払い、意を決して顔をあげた。

「何か、私にご用ですか？」

「わ、やっぱり偽お姫様だ！　おっさんさすがぁ！」

「……どなたかとお間違えでは？」

「え、なに言ってるの。髪と目の色違うけど偽お姫様でしょ？　おっさんがそう言ってるんだから間違いないよ」

「見つかって良かった！　あのね、ボク達は偽お姫様を探しに――」

スピナキアの言葉を最後まで聞かず、ウィーティスは持っていたオレンジジュースを二人に向かって勢いよく引っかけた。不意を突かれた兄弟は、両手で目を覆いながら狼狽えている。

　その拍子に、スピナキアアは持っていたアスピスを地面に落とした。ウィーティスは素早く飛び出し、地に落ちたアスピスを拾いあげた。盗みを働くのは気が引けたが、アスピスはウィーティスの居場所が分かると言う。ならばこれ以上、アスピスを彼らの元に置いておく事は出来ない。

「ごめんね、二人とも。でも私は、ここで捕まって殺されるのはごめんなの」

「こ、殺される⁉　偽お姫様、誰かに命狙われてるの⁉」

「それ大変！　早くゼアに知らせないと！」

　ぎゃあぎゃあと騒ぎ立てる兄弟の姿に、辺りの人々も異変を感じたのかチラチラと不審な眼差しを向けはじめて来ている。その内の何人かがこちらに向かって歩き始めた所で、ウィーティスはアスピスを片手で持ったままその場から脱兎《だっと》のごとく走り出した。

「最低！　信じられない、もう最悪……！」

　ウィーティスは船着き場に向かって、全速力で走っていた。出発にはまだ時間はあるけれど、船自体は昨日から停泊している。そしてこっちにはアーテル王女の黒桔梗がある。乗船受付前でも、それを見せれば船に乗せて貰える可能性は十分にあった。

　だが国の命令により追って来るゼアも、船には自由に乗れるはずだ。こうなったら、蘇芳行きに拘らず適当な船に乗って逃げるしかない。

「ひどい！　何でゼア様なの⁉　他の人で良いじゃない！　どうしてなのよ！」

胸が切り裂かれる様に痛い。自分の追跡と処分を命じられ、それをあっさり引き受けたという事は、ゼアはウィーティスの正体を知っているだろう。冷たい美貌の王子と、神経質そうな神官長の顔が脳裏に浮かぶ。

彼らの事だ。ゼアを怒らせる為にある事ない事吹き込んでいるに違いない。そしてゼアは、ウィーティスの事を金に目が眩《くら》み、厚かましくも愛する王女の身代わりを買って出た恥知らずな女。きっとそんな風に思っているのだろう。嫌だ。彼に軽蔑の眼差しで見つめられるのだけは、絶対に。

「港が見えたわ！」

港の中。船着き場に繋がる桟橋。

ウィーティスは残る力を振り絞り、両足に一層力を籠めた。

「待って！」

その時、背後から低く掠れた声が聞こえた。今一番聞きたくなかった声に、ウィーティスの両足は凍り付いたように動かなくなってしまった。近づいて来る足音は、少し離れた所で止まった。ゼアもひたすら走っていたのだろう。ハァハァ、という荒い呼吸音が聞こえる。ウィーティスは、ゆっくりと後ろを振り返った。

両膝に手を突き、息を調える度に玉蜀黍色の髪がふわふわと揺れている。側面で編まれた三つ編みに葡萄色の飾り紐が編み込まれているのを見たウィーティスは、胸の痛みからそっと目を逸らした。

「瑠璃色のキミ、キミに聞きたい事があるんだ」

「……何でしょうか」

「僕と、ずっと一緒にいたのはキミだよね？　ウィスタリア王女の、身代わりで」

「……そうです。大変申し訳ございませんでした」

警戒心を露わにするウィーティスとは対照的に、ゼアは口元を緩めてフッと笑った。

まるで安堵したかのような様子に、ウィーティスの眉根は知らず寄せられていく。

「その事はもう良いんだ。それにしても可愛い声だね。僕、今の声の方が好きだな」

ゼアは汗ばんだ顔で、柔らかく微笑んでいる。

「ゼア良かったね！　じゃあ早く皆で帰ろうよ」

「帰っちゃ駄目だよ、ルブス。もうお屋敷にはいられないんだから」

銃の姿に戻ったのであろう、兄弟のはしゃぐ声が聞こえる。

ウィーティスは襲い来る眩暈《めまい》に必死で耐えていた。そう。自分はもうあの屋敷にはいられない。何故ならば、ここで貴方達に殺されてしまうから。

「……そんなの、嫌」

ウィーティスは持っていたアスピスを銃嚢から引き抜いた。そして、その銃口をゆっくりとゼアの方に向けた。ゼアの両目が大きく見開かれていく。その様子が、涙で霞む視界にもはっきりと確認出来た。

「瑠璃色のキミ。銃を下ろすんだ。キミの細腕じゃ無理だよ、腕を痛めてしまう」

ゼアは困った様な顔をしているものの、焦ってはいない。ウィーティスが撃つ訳がないと、撃てる訳がないと馬鹿にしているのだ。

「……私が撃てないと思っている？　いいえ、撃てるわ。だって撃った事があるもの。ねぇゼア様。お願いですから、私を見逃してください」

「それは駄目だよ。僕はキミを追いかけて来たんだから、このまますみす行かせる訳ないだろ？」

「……どうしても？」

「どうしても。ほら、早く銃を下ろして。肩は痛くない？　ともかく、話をさせてくれないかな」

——話って何よ。何で身代わりなんか引き受けたか、とか？　それとも、最後に何か言いたい事でも聞いてやろうって？　何よ、それ。言いたい事なんか何もないわよ。

「お断りします」

言葉を言い終わる前に、ウィーティスはゼアに向けて連続で三発、引き金を引いた。アスピスの銃口から、淡く発光する鈍色の弾丸が発射されて行く。

まるで悪い夢を見ているみたい。ウィーティスはそう思いながら、愛した男に向かって一直線に飛んで行く弾丸を、半ば放心したように見つめていた。

ゼアは目の前の光景を、信じられないものを見る目で見ていた。魔砲士でもない女の子

がアスピスを、霊銃を使った。そんな事例は聞いた事がない。迫りくる弾丸よりも、その事実がゼアを驚愕させていた。

「ゼア！　ゼア早く避けて！」

「じゃなければオレ達を撃って！　迎撃するから！」

悲鳴のような声をあげる兄弟。だがゼアはさほど焦ってはいなかった。

「いや、大丈夫。何であの子がアスピスを撃てるのかわからないけど、アスピスは契約者である僕を攻撃出来ない。彼なら寸前で躱《かわ》してくれる」

ゼアは腐毒の弾丸を恐れる事なく、瑠璃色の娘に向かって一歩足を踏み出した。

何だか訳のわからない状況になってはいるが、まずは一刻も早く彼女を説得しなければならない。

「いやいやいや！　おっさんの本来の総重量わかってる⁉　偽お姫様、それをすごく軽々と持っているんだよ！　その意味くらいわかるでしょ、とにかく避けて、避けて早く！」

「……重量？　っ！」

ルブスの叫んだ言葉に、ゼアは素早く状況を理解し反射的に地面に伏せた。頭上を通り過ぎた弾丸が、チリ、と頭部の髪を掠める。一拍の後、轟音《ごうおん》と共に三発の弾丸は全てゼアの真後ろにあった巨木に命中した。成人男性がギリギリ一抱え出来るほどの巨木が、あっという間に腐り落ちていく。ゼアは目を疑った。アスピスが自分を攻撃して来た。それだけではない。明らかに自分が使っていた時よりも、格段に銃の威力が増している。

「な、何でアスピスが僕を⁉　それに、この威力は一体……！」

「だから言ったじゃないか！　おっさん、勝手に偽お姫様と契約していたんだよ！　ボク達が望みさえすれば、契約者はいつでも誰にでも変更が出来るのを知っているでしょ！」

「彼女と契約⁉　いつから⁉」

「池に皆で遊びに行った最初の日。……おっさんが余計な事は言うなって言うから、黙っていたんだけど」

――知らなかった。まさか、そんな時から。ゼアは上体を起こしながら、改めて瑠璃色の娘を見つめた。娘はじりじりとあとずさっている。ここから逃げ出す機会を窺っているのだ。

ふと娘の手元を見たゼアは、瞬時に頭が沸騰しそうな感覚を覚えた。自分と契約していた時ですら、アスピスは両手で持たなければならない程度の重量があったのに。彼女はまるで、樹脂製の玩具を使っているかのように片手で軽々と持っている。

「……キミ達、ずいぶん相性が良いんだな」

知らず、声が尖って行くのがわかった。銃に嫉妬するなど馬鹿げているとはわかっている。けれど、募る嫉妬と怒りを抑える事が出来なかった。だが今は彼女を逃がさない事が先決だ。ゼアは荒れる感情を振り払い、素早く兄弟を引き抜いた。そして二つの銃口を瑠璃色に向けて構える。

「こんな事はしたくないけどごめんね？　お願いだから逃げないでくれるかな。逃げないでいてくれれば、キミに危害を加えたりしないって約束する。でも逃げるなら、ちょっと手荒い真似をさせて貰う。怖がらないで。話をさせて欲しいだけなんだ」

「話なんてありません！」

再び、轟音が響いた。眼前に迫る、腐毒の弾丸。さすがにこれをくらう訳にはいかない。ゼアは痛みを堪えるような顔で、両手に持つスピナキアとルブスの引き金を引いた。

空中でぶつかり合う銃弾。雷を帯びたスピナキアが腐毒のアスピスを砕き、炎のルブスが毒で腐り落ちていく。ついこの前までは思いもよらなかった悪夢のような光景が、ゼアの目の前で繰り広げられていた。

「クソッ！　おっさんのヤッ！　僕達よりも弱いクセに！」

「若くて可愛い女の子に良いトコ見せたいからって、張り切り過ぎだろ！」

そう悪態をつく兄弟に、アスピスは容赦なく襲いかかって来る。ゼアは冷静に、胸元から懐中時計を取り出して時間を確認した。もう、そろそろだ。

「あ……はぁ、ううっ……！」

アスピスから放たれる、銃弾が止まった。瑠璃の娘は、全身で大きく荒い呼吸を繰り返している。

「大丈夫？　さすがに魔力が尽きて来たかな？」

「……っ！」

魔銃に魔力を喰《く》らい尽くされ、瑠璃の娘は青ざめた顔色になっていた。それでも、こちらに向けた銃口を下ろそうとしない。華奢な身体に巨大な銃。その痛々し気な姿に、ゼアは胸がひどく痛むのを感じていた。

「……話って何ですか？　身代わりを引き受けた理由なら、宰相と神官長に命令されたからです。私に断る事は出来ませんでした。ですが、本当に申し訳ないと思っています。身代わりの事は絶対に口外しないと誓います。お願いです。どうか見逃して下さい。見逃して下さるなら、このアスピスはきちんとお返ししますから」

瑠璃色の娘の声が、泣き出しそうに震えている。そこで漸く、ゼアはこの娘がひどく怯えている事に気がついた。彼女は自分達の事を国が差し向けた追っ手だと思っているのだ。

「怖がらないで。大丈夫だよ、僕は追っ手じゃない。むしろ今後は僕も追われるんじゃないかな」

ゼアは安心させる様に、娘に微笑みかけた。娘は後ろに下がるのを止めない。けれど、こちらに向けていたアスピスの銃口は下ろしていた。それを目にした後、ゼアも兄弟を元通りに収納した。兄弟はもう何も言わない。このまま大人しく見守る事にしたのだろう。

「違ったんだよ」

「え……？」

唐突なゼアの言葉に、娘は足を止めた。未だに警戒心に包まれてはいるものの、とりあえず話を聞いてくれる気になったらしい。

「二週間の仕事を十日で片付けて帰った時。出迎えてくれた〝ウィスタリア〟に小さな違和感を覚えた。でもその時はまさか、別人に入れ替わっている……というか今までのウィスタリアが偽物だなんて思いも寄らなかったから、自分がおかしいのかと随分悩んだ。けどスピナキア達の手助けでキミの存在を知った時、確信したんだ。僕が愛して求めているのは、最初からずっと側にいてくれたキミだって」

「……そんなの、嘘です。だって、ゼア様は王女様と」

「嘘じゃないよ。だから今朝、ウィスタリア王女に気持ちを告げて屋敷を出て来たんだ」

ゼアは瑠璃の娘に向かってゆっくりと近づいた。戸惑った様な気配は大いに感じるものの、逃げ出そうとする様子は見られない。その事に泣きそうなほどの安堵を覚えながら、遂に手を伸ばせば触れられる距離まで近づく事が出来た。

「大丈夫。怖がらないで。……キミに触れても良い？」

娘は迷う様な素振りを見せている。ゼアは辛抱強く待った。やがて娘が小さく頷いたのを確認した所で、ゼアはそっと手を伸ばし娘の頬に触れた。娘は一瞬ビクッと身体を震わせたものの、大人しくしている。怖がらせないように慎重に、頬に手を添えたまままう片方の腕を伸ばした。そのままグイと抱き寄せ、首筋に鼻先を埋めた。

「はぁ、キミの香りがする……。会いたかったよ、ずっと」

「あの……ゼア様。本当にお屋敷を出て来られたのですか？」

娘の心配そうな声。それを耳にした途端、ゼアの胸は歓喜に震えて行く。

「うん、そうだよ。それとごめん、今更だけど、僕が追いかけて来たのは迷惑だった……？」

「……追っ手だと思ったので怖かったですけど、その、迷惑では……」

「良かった。顔も見たくない、なんて言われたら泣く所だった」

瑠璃の娘は、ゼアの軽口にも硬い表情を崩さない。

「ゼア様、私を追ったりして良かったのですか？　さっき〝自分も追われる〟と仰ってましたけど、アケルはゼア様の生まれ故郷でしょう？　私は生まれこそアケルですけど、育ったのはフェイツイリューです。このままではゼア様、二度と故郷の、アケルの地を踏めない可能性がありますよ？」

ゼアは優しく微笑み、娘の頬を両手で挟んだ。

「平気だよ、キミが側に居てくれるならどこでだって生きて行けるから。ねぇ、それよりもキミの本当の名前を教えてくれないかな」

彼女の事はずっと、『ウィスタリア』と呼んでいた。もちろんウィスタリア王女の身代わりだったのだから、それは当然の事だ。だが、そう呼ばれる度に彼女はどんな思いをしていただろう。早く本当の名前を呼んであげたい。そう思いながら、急かす様に頬をくすぐる。やがて娘は、小さな声で己の名前を告げて来た。

「……ウィーティス・フォリウムです」

「ウィーティスか。すごく良い名前だね。うん、可愛い」

ゼアは初めて聞いた名前を、噛み締めるように口の中で何度も呟いた。口にすればするほど、腕の中の娘に対する愛しさが込み上げて来る。

「あの、それとごめんなさい。王女様は十六歳でいらっしゃるのに、私は二十歳なのです……」

心底申し訳なさそうに告げるウィーティスに、ゼアは苦笑いで応えた。

「ハハ……僕より八つも下なのか。ごめん、僕こそそんなに若くなくて」

二年後には三十になる自分と違い、彼女はまだまだ若くて愛らしい。

他の男に渡すつもりはさらさらないが、かといってそれが不安を解消させてくれるかと言えば嘘になる。

「とんでもございません！　初めてお会いした時には、〝綺麗なお顔だけど何だか弱そうな方だな〟とかちょっぴり思いましたけれども！　でもゼア様はとっても素敵な方です！」

「あ、初対面の時そんな風に思っていたんだ……」

ゼアはウィーティスの思わぬ告白を受け、顔をヒク、と引き攣らせていた。


ウィーティスはふわふわとした、まるで雲の上にいるような気持ちになっていた。諦めなければと何度も自分に言い聞かせ、封印し、捨てて来たはずのこの想い。ゼアに対する甘く柔らかい愛情を、胸の中に大事に抱く。

もしかして自分は、この想いを諦めなくても良いのだろうか。ウィーティスはここに来て初めて、『幸せ』というものを感じていた。

「ゼア様、私……」

「ところでウィーティス」

「は、はい……？」

醸し出されていた甘い雰囲気を消し飛ばすかのようなゼアの冷たい声に、ウィーティスは思わず背筋を伸ばした。ゼアの胡乱《うろん》な眼差しは、ウィーティスが握っている巨大銃アスピスに向けられている。

「キミは自分でそれと知らないまま、アスピスと契約をしていた。霊銃と契約するには、本名が必要になる。ウィーティス、キミはいつアスピスに名前を教えたの？　………しかも僕よりも先に」

「契約……？」

ウィーティスは少し考えた。本名を口にしたのは、池の辺りで一度だけだ。

「あ……！　まさかあの時の！　……」

王城へ向かう前、確かにアスピスに連れて行けと言われたりその王城では『自分を使えるのだから使え』と言われたりしていた。けれどまさか、契約者を自分に変更されていたのだなんて。ただあの時は、誰も自分の名前を呼んでくれない事が寂しくて、独り言のように呟いていただけなのに。

「……池の辺に行った時。ずっと王女様の名前で呼ばれている事がちょっとだけ辛くなったのです。ゼア様は眠っていらしたし、周りには誰もいない。だから思わず自分の名前を呟きました。その内私も眠ってしまって。そしたら夢の中に赤銅色の髪の男性が現れて、〝手を取れ〟と言われたのでつい手を取りました」

「赤銅色の髪の男……」

コクリと頷くウィーティスの髪を撫でながら、ゼアの眉根が次第に寄せられていく。ウィーティスはそんなゼアの心情を知る由もなく、ただ不思議そうな顔で見上げている。ゼアは自分がアスピスと契約した時の事を思い出していた。あの時は、封じ込められているアスピスに丁寧に名乗り、しばらく待ってから持ち上げてみた。腕にズシリと来る感覚が徐々に軽くなっていき、両手で持てるくらいの重さに変化していった。

アスピスは最初から特に抵抗をして来なかった。彼はランクがそれほど高くなく、人化も出来ない。おまけに契約者から魔力を奪わなければならない魔銃。

契約したいという者が現れた以上、抵抗する必要性を感じなかったのだろう。ゼアは以前、ウィーティスに『相性が良ければ重量は感じない』と説明していた。

けれど、実際は『相性』というよりも霊銃達の好き嫌いで重量が決まる。己が気に入らない相手には本来の重量で接し、気に入れば気に入る程、軽く扱いやすくなっていく。だが遺跡の盗掘者などが霊銃達に好かれる訳がない。だから彼らには霊銃を盗むどころか持ち上げる事すら出来ないのだ。

それが「最初に見つけた者にしか契約権がない」と言われる所以だった。実は彼らに気に入られさえすれば、持つ事は誰にだって出来る。

「それにしたって、ここまで気に入られるとはね。僕だって普通程度にしか好かれていないのに」

アスピスは人間とは話せないと思っていた。現にゼアの夢にアスピスが出て来る事など一度もなく、それ故、契約時以降はアスピスの声を聞いた事がなかった。それなのに、ウィーティスの場合はどうだ。わざわざ夢に現れた上に、現実では出来もしない人化した姿まで見せていたとは。

「……アスピス、どんな顔をしているの？」

「え、そうですね、最初はかなり年上かと思いましたけど、案外若いのかな、という感じでした。痩せていて背が高くて、黒の背広《スーツ》に赤銅色のネクタイを締めて、なかなか整ったお顔立ちでしたよ？」

「へぇー、〝なかなか整ったお顔立ち〟ね……」

ゼアは胡乱な眼差しでウィーティスの手の中のアスピスを見た。兄弟に出会うまでは、何よりも頼れる相棒だったのに。いや、自らの手を離れた今も、彼に対する信頼は変わらない。けれど、膨れ上がる嫉妬を抑える事が出来なかった。

「……ゼア、睨まないであげてよ。大人気ないなぁ」

「そうだよ。おっさんのお陰でゼアのお姫様を見つけられたんだし、おっさんだって男よりも若くて可愛い女の子の方が良いに決まってるじゃないか」

胸元からスピナキアの呆れた声と、ルブスの揶揄う様な声がする。

「……何、キミ達も僕じゃ不満なの」

ゼアは子供のように口を尖らせながら、兄弟の収まっている胸元をトントンと叩く。

ルブスはその様子を見ながら、呆れたように肩を竦めた。

「やっぱ大人気ないなぁ。ま、おっさんの溺愛ぶりをみるとこれは契約関係っていうよりむしろ……」

「おいルブス！」

珍しく強い口調のスピナキアに怒鳴られ、ルブスは慌てて口を噤んだ。

だが時既に遅く、ゼアはあやすように胸元を叩いていた手をピタリと止めた。

そしていきなりルブスを引き抜き、無造作に宙に放った。地に落ちる寸前、ルブスは人型になりペタリと地面に座り込んでいた。

「な、何すんだよ！　危ないなぁ！」

「……契約っていうよりも、何？」

妙に据わった目でこちらを見つめる己の契約者の姿に、ルブスは青褪めていた。

つい口を滑らせてしまった、とルブスは内心ひどく焦っていた。見下ろすゼアの胸元から、兄の呆れた様な気配が伝わって来るのがわかる。そして肝心のアスピス。彼は一連の会話を聞いているはずなのに、自分にすら無言を貫き我関せずの姿勢を装っている。だが、思っている事はしっかりと伝わって来ていた。

「……契約関係っていうよりも、何かこう、うーんと、あ、親子！　そう、親子っぽいなぁって！」

「あぁ、そう言う事。なるほどね、親子か……」

ゼアは顎に手を当て、ウンウンと頷いている。

「そうそう！　ほら、アスピスのおっさんはおっさんだし、何か娘を心配するおとーさんみたいじゃない？　だからさ、ゼアの代わりにゼアのお姫様を守ってあげようって思ったんだよ、きっと」

「……まぁ確かに。さっきもこの子を守る為に攻撃して来た訳だしな」

つい今しがたの剣呑《けんのん》な雰囲気はどこへ行ったのか、ゼアは腕の中の『お姫様』のこめかみにキスしながらあっという間に機嫌を直していた。そんな主の姿に、ルブスは内心安堵の息を吐く。霊銃界はなかなかに面倒で、ランクの高さに関わらず年功序列でいわゆる「エラさ」が決まる。故に、アスピスの意向にルブスは逆らう事は出来ない。

そのアスピスは、他でもないゼアの手によって『お姫様』、ウィーティスの腰に装着されていた。ルブスはアスピスの様子を窺う。まるで『良くやった』とでも言うかの様な雰囲気を醸し出している〝先輩〟に、ルブスは呆れた様に肩を竦めた。まぁ良い。さきほどうっかり口にしそうになってしまった言葉については、もう忘れる事にした。ゼアがウィーティス嬢にここまでの独占欲を発揮している以上、あれは確かに言う必要のない言葉だった。

『契約関係というよりも、むしろ』

──むしろ、『〝隷属〟に近い』だなんて。

「ところでウィーティス。キミ、港に向かっていたみたいだけど一体どこに行こうとしていたの？」

ゼアはウィーティスの手を握り、優しく尋ねた。ウィーティスも嬉しそうに握り返しながら答える。

「身代わりを引き受けざるを得なくなって、王城に連れて来られた時にアーテル第三王女殿下に言われたのです。〝ウィスタリアの帰国の日程を聞かされた時点で港に行きなさい〟って。そのあと色々あったのですけど、どうやらアーテル王女は私が蘇芳に行くのを望んでいらっしゃる気がしました。だから、蘇芳行きの船に乗ろうと……」

その言葉を聞き、ゼアは改めて腕の中の愛する『妻』を強く抱き締めた。アスピスに嫉妬している場合ではなかった。

兄弟の言う通り、彼がウィーティスと契約していなければみすみす逃してしまっていたかもしれない。

だが、第三王女の言う通りに蘇芳に向かっても良いものだろうか。ここは慎重を期さなければならない気がする。このままではどちらにしても、ウィーティスは場所と人が変わるだけで再び利用される事になるかもしれないからだ。

「ねぇウィーティス。船に乗るのは明日にしない？　大丈夫、スピナキア達にちゃんと見張らせる。だから近くの宿に泊まって明日以降の事を相談しよう。ね？」

しかし予想に反し、ウィーティスは首をふるふる、と横に振った。

「駄目です！　だってゼア様は奥様である王女様を置いて来られたのでしょ？　だったら一刻も早く出国しないと、王女様が追いかけて来るかもしれない……」

ポツポツと呟きながら、コートをぎゅっと握るウィーティス。身代わり結婚中にも示す事のなかった可愛い嫉妬に、ゼアは頬が緩むのを抑えきれないでいた。

実のところ、ゼアは追っ手など来ないと踏んでいた。何となくだが、王子オルキスはよほどの気に入りではない限り、失くしたものを探すよりも即座に新しいものを買い求めるような性格だと思う。初めて会った時も、『魔砲士に対する興味』は感じたものの執着心は一切感じなかった。王女ウィスタリアに関しては、別れ際の声音に悪意を全く感じなかった。逆に警戒すべきは、聡明と名高い第三王女アーテルの方だ。

ゼアはウィーティスの耳に唇を寄せ、甘噛みしながら耳元にそっと囁いた。

「大丈夫だよ。だから今日は近くで泊まろう？　もう顔を認識出来るまで我慢する、なんて言わないから」

一瞬首を傾げた後、意味を理解したウィーティスの耳が急速に熱を帯びて行く。

やがてその頭がコクリと頷くのを確認したゼアは、未だ戸惑うウィーティスの手を強く握りしめた。

そしてしばらく歩いた後、ゼアとウィーティスは港のほぼ目の前にある、一軒の家の前に立っていた。門につるりとした大理石のメダルがぶら下がっている、煉瓦造りの小さな家。宿と言うよりは普通の民家に見えるそれに、ウィーティスは目を丸くしていた。ゼアは抱いていたウィーティスを下ろし、次にしっかりと手を握った。

ウィーティスが握り返して来るのを確認した後、門を開けて敷地内に踏み込んでいく。

「あの、こちらはゼア様のお知り合いのお宅なのですか？」

「ううん、違う。ほら、門にメダルが引っ掛かっていただろ？　ああいう風に入り口にメダルをつけている民家は自宅の空き部屋を開放しているんだよ。因みに部屋の数だけメダルをつける。大抵、多くて四つくらいだけどここは一つだね」

ウィーティスは興味深そうに聞いている。だがすぐに首を傾げ、繋いでいた手をつんつんと引っ張って来た。

「ん？　何？」

「でも、そうしたら先客がいらっしゃるかもですね」

「いや大丈夫。あのメダル、表側にはヤドカリが象眼してあってね、客が泊まっている時には表側にして門に引っかけるんだ。今は裏側になっているから、ここには誰も泊まっていない」

「そうなのですか」

ゼアは感心したように頷くウィーティスの頭を一撫ですると、扉に設えてあるドアノッカーに腕を伸ばした。

「わぁ、可愛い！」

部屋に入るなり、ウィーティスは歓声をあげた。

老夫婦が営むこの宿は、一階が夫婦の居住区で二階が宿泊客用の部屋になっていた。部屋の中は海辺の宿らしく壁紙は青、おまけに海の生物が描かれており、まるで海の中にいる様な気分になる。

「見て、見てウィーティス！　船がいっぱい！」

「あの国旗はどこの国⁉」

「あれはシーニーね。その隣が蘇芳で、奥がブルトカール。それから――」

窓の外を見てはしゃぐ兄弟の様子に、ウィーティスは思わず笑顔になっていた。兄弟は今、人化した少年の姿になっている。これはゼアが提案した事だった。

そのゼアは今、階下で宿泊の手続きをしている。海から吹き抜ける潮風を浴びていると、何となく心が弾んで行くような気がする。兄弟達ときゃあきゃあ騒ぎながら海を眺めていると、階段をトントンと上がって来る音がした。

「お待たせ。手続きして来たよ。夕食付きの一泊。明日の朝は出発が早いから朝食はつけない。今日の昼も用意出来ないから、それだけどうにかしてくれって」

「わかりました。では市場街まで戻ってお買い物でもしますか？」

「いや、大丈夫」

ゼアはウィーティスの頬をするりと撫でると、窓の外を眺めながらはしゃぐ兄弟達に向き直った。

「宿のご夫妻は食材と日用品を買いに出てっちゃったから、しばらく戻って来ないんだよね。だからキミ達、ちょっと外で遊んで来てくれないかな、アスピスも連れて。で、三時間くらいしたら帰って来て欲しいんだけど、その時に何か食べるもの買って来てくれる？」

そう一息に言い放ち、ポケットから銀貨を二枚ほど取り出してそれをスピナキアに握らせた。手の中の硬貨を暫し無言で見つめていた兄弟は、ハッとした様な顔になる。

「わかった！　じゃあボク達もお出かけして来るね！　ウィーティス、おっさん貸して早く！」

「え？　アスピスは別に置いて行っても……」

「ダメダメ！　もう絶対ダメ！　早くして時間が短くなっちゃうから！」

わぁわぁと騒ぐ兄弟の勢いに押され、ウィーティスは腰の銃帯を外して兄弟に渡した。ルブスがそれを半ばひったくるようにして受け取り、兄弟はそのまま走って部屋から出て行ってしまった。

「……そんなに遊びたかったのかしら」

慌てて手を振り見送りながら、ウィーティスは首を傾げる。そしてチラ、と横目でゼアを見た。ゼアはコートを脱ぎ胸に装着していた銃帯も外し、ベッドに腰かけて肩を回している。ウィーティスは今更ながら、緊張感が込み上げて来るのを感じていた。こうして二人きりになるのは久しぶりだし、『ウィーティス・フォリウム』として『ゼア・ヘルバリア』と共に在るのは初めてなのだ。

「あ、あの……」

「ウィーティス。ほら、おいで」

ベッドに腰かけたまま、柔らかな笑みと共にゼアが片手を伸ばしウィーティスを誘う。

ウィーティスはそれに応えるべく手を伸ばしかけ、そしてすぐに引いた。

ゼアの薄緑の目が、訝《いぶか》しげに細められて行く。

「……どうしたの？」

ウィーティスはその問いかけには答えず、ただ静かにゼアを見つめ返していた。

兄弟達がいない内に今、ここで気持ちを伝えよう。そんな思いが、ゼアに手を伸ばされた瞬間に胸に浮かび上がって来た。

「ゼア様。私の話を聞いて頂けますか？」

「……うん」

ゼアは少し不安そうな顔をしている。ウィーティスはそんなゼアを安心させるように微笑んで見せた。

「私は、ゼア様の事が好きです。一緒に暮らし始めて、ふとした弾みに見せて下さる子供のような表情や穏やかな話し方、そして向けられる優しさに、〝愛してはいけない〟と命令されていたにも関わらずどんどん惹かれていきました。貴方の事を好きになればなるほど、私は辛かった。だって、ゼア様が愛情を向けているのはあくまで『王女ウィスタリア』です。『薬師ウィーティス』ではありません。毎日毎日、もし身代わりが発覚したら貴方がどんなにがっかりするだろう、とそればかりを考えていました」

そこでウィーティスは一度言葉を切った。ゼアは何も言わない。だがウィーティスを見つめる両目は穏やかな温かさと愛情に満ちていた。

「ですから、貴方が『ウィーティス』を追って来たのだと思った瞬間、何も考えられなくなりました。王子が私に絶望を与える為に、わざと貴方を追っ手に寄越したのだと思ったからです。私を速やかに殺す為、きっと稀代の悪女のように伝えているに違いない。そう思い込み、ただ逃げる時間を稼ぐ為にアスピスを貴方に向けて撃ちました。正直、当たった時の事なんて考えてもみなかったわ。ゼア様、本当にごめんなさい」

ウィーティスはゼアに向かって深々と頭を下げた。恐怖で混乱していたとはいえ、してしまった事の謝罪はきちんとしておきたかった。そして次に話す事。これが最も伝えたかった事になる。

「……いくらお屋敷を出て来られたと言っても、ゼア様はウィスタリア様の配偶者です。私がその貴方の手を取るという事は、人の道に外れた選択をするという事です。でも、私はもう迷いません。今度こそ本当の意味で悪女になってしまいますけれど、私はそれでも貴方と共にいたいのです」

ウィスタリア王女は、ゼアに心を寄せ始めていたと言う。彼女は、策謀により愛する人から引き離された。やっと故郷でその傷が癒え始めたというのに、王女はまたもや傷つけられてしまった。けれど、その罪と罪悪感を背負ってでもこの人と一緒にいたい。

その強い気持ちは、もはや揺るがなかった。

話終えた後、ウィーティスは迷う事なくゼアの腕の中に飛び込んだ。ゼアは待ち兼ねた様に、飛び込んで来たウィーティスを強く抱き締めてくれた。

「……キミは悪女になんかならないよ。王女に酷い事をしたのはむしろ僕の方だ。王女は僕に理解を示そうとしてくれていた。でも僕は碌に話す事もなくただ逃げ回り、挙句の果てには彼女を捨ててキミを追う事を選んだ」

「え……？」

ゼアはウィーティスを抱き締めたまま、瑠璃色の髪に何度も何度も口づけた。

屋敷を出た時、兄弟から聞かされたとある事実。それは自分の不誠実を突きつけられたようで、当分ウィーティスに話すつもりはなかった。けれど彼女がここまで本心を吐露し、覚悟を決めてくれているのなら自分がそれに応えない訳にはいかない。

せめてウィーティスにだけは、誠実な自分でありたかった。

「スピナキア達が教えてくれた。僕と王女の間には魔力の結び付きが見られないって」

「魔力の結び付きがない!?　そ、それって、もしかして……」

「うん。婚姻届けには魔力を織り込んだ特殊な紙を使うから、互いの自筆に含まれた魔力が届け出を受理された時に結び付くはずなんだ。けど、僕達の間にはそれがなかった。王女は届け出を提出しなかったんだよ。なぜ届け出を出さなかったのか、彼女の本心は今となっては分からない。僕が向き合おうとしなかったからね。だからキミが背負う事は何一つないんだ」

ゼアはウィーティスをより一層強く抱き締めた。腕の中の愛しい娘からは、戸惑った様な気配が伝わって来る。自分の方こそ軽蔑されたかもしれない。けれど、後悔はもうしない。自分にとって、彼女を失う以上に恐れるものは、もはや存在しないのだから。

「……ごめんね、ウィーティス。僕がこんな男で」

「いいえ！　いいえ私こそ！　だってゼア様が、王女様と正式に婚姻関係を結んでいなかった事に心が震えるほど喜んでしまっているのですもの。」

ゼアは見上げて来るウィーティスのふわふわした唇を親指でなぞり、微かに開いたそこに深く口づけた。温かい口内に滑る舌を潜り込ませ、溢れる唾液をものともせずに、柔らかな唇を貪りながら懸命にしがみついて来る柔らかな体をベッドに押し倒していく。

「……このまま、最後までしても良い？」

「は、はい、大丈夫、です」

か細く頷くウィーティスに深く安堵しながら、ゼアはゆっくりと華奢な身体に覆い被さっていった。

濃密な空気に満ちた部屋。ピチャピチャという何かを舐めているような水音と、交わり

合う荒い呼吸。ベッドの上には、苦しげにシーツを摑んで背をのけ反らせる瑠璃色の髪の娘。その細くて華奢な両足は大きく割り開かれ、蜜を溢れさせているそこには玉蜀黍色の頭部が妖しく蠢いていた。

「いくら吸ってもキリがないね。ナカからどんどん溢れて来て、すごく可愛いよ」

「いやっ！　だめ、ソコばっかり……！」

「ん？　あぁごめんね？　乳首も寂しい？　でもちょっと待ってね、ココをしっかりほぐして柔らかくしておかないと後が辛いから」

ゼアはビクビクと跳ねる身体を押さえ込みながら、トロトロと蜜を溢す秘裂に先を尖らせた舌を捻じ込んでいく。襞《ひだ》をほじるように舌を動かすだけで、ウィーティスは甲高い悲鳴をあげ腰をガクガクと揺さぶった。

「自分で腰を動かすのが可愛いね。じゃあコリコリに硬くなったココ、くすぐってあげる。フフ、下の葡萄色が本当に綺麗だよ。髪の毛も後でちゃんと元に戻してね？」

葡萄色の下生えをかきわけ現れた、ぷるぷると震える敏感な突起。皮を剝き、中指にこぼれる蜜を絡ませ、小刻みな振動を加えながらクリクリと陰核をくすぐる。

途端にウィーティスはシーツをより一層強く摑んだまま、狂ったように頭を左右に振りたくった。

「いやいやっ！　だめ、いやっ！　あっ、あぁっ、ひぅっ……！」

「嫌じゃないでしょ、こんなに嬉しそうに腰を振っているクセに。あぁ、ビクビクがすごくなって来た。ウィーティス、どうする？　一回イキたい？」

陰核をしつこくくすぐられ、ウィーティスは半ば意識を飛ばしかけていた。それでも必死に首を縦に振って頷いた。このままだと気持ち良過ぎておかしくなってしまう。指や舌で責められた事は何度もあったはずなのに、こんな感じ方は初めてだった。つまり、今までが相当手加減をされていたのだ。

「……ごめん、やっぱり駄目。聞いておいて何だけど、キミはイッたらすぐに寝ちゃうからね。それに、初めては僕のモノでイカせてあげたいし。だからもうちょっと頑張って」

「いやぁっ！　あっ、やだ、無理……っ、こんなのずっと続けられたら私……！」

「いっぱい我慢してイク方が気持ち良いよ？　もっとグズグズにしてあげるから、〝気持ち良い〟事だけ考えていて」

ゼアの無慈悲な宣告に、ウィーティスはイヤイヤと首を振る。

「今度はこっちも一緒に弄ってあげる」

「ひ……っ」

ひゅ、と息を飲み青褪めるウィーティスとは対照的に、楽しげな顔のゼアは再びウィーティスの足の間に顔を埋めた。そして散々くすぐられて紅色に腫れあがった陰核を容赦なく吸い上げた。ウィーティスは甘く鳴きながら背を反らせる。ゼアはここぞとばかりに、意図せずして突き出された形になった形の良い乳房の先端、両の乳首を指でカリカリと引っ掻き刺激を与えて行く。

「あっあっ、んぅっ！　ぁぁっ！」

どんなに腰を引いても敏感過ぎる突起の吸引からは逃れられず、己の意思に関係なく反らされ天を向く双乳をやわやわと揉まれる。指でコリコリになった桜色の乳首を摘まれ、痛いほど捩《よ》じられたかと思えば爪先で優しく転がされ、その緩急ついた責め方にウィーティスは涎をこぼして喘ぎ続けた。

「ひぁっ、あぁぁっ、だめ、何か、何か来ちゃっ……！」

「おっと危ない。まだイカせないからね？」

「いやっ！　あ、どうして……？」

それからもずっと、ゼアはウィーティスを文字通り嬲《なぶ》り続けた。

耳穴を指でくすぐりながら乳首を吸い、もう片方の指は秘穴に深く差し込んだまま、ザラついた天井をゆるゆると擦る。ウィーティスが痙攣し始めると手を止め、優しく髪を撫でたりこめかみに口づけたりして絶頂感を散らす。

決定的な刺激を欲しがり、無意識に腰を揺らすウィーティスの背中を擦って宥めると、今度は乳首をくすぐりながら耳穴を舐め回す。そして差し込んだ指を、ゆるやかな動きだった先程とは打って変わって飛沫《しぶき》が飛び散るまで激しく前後に抜き差しさせる。これを何度も何度も繰り返していた。

ウィーティスはもはや声も出せず、再び身体を痙攣させ始めている。

顔に触れると、汗と涎と涙に塗れているのが分かった。恐らく、見た事もない乱れた顔をしているに違いない。それを見られないのが本当に残念で仕方がなかった。

「ごめんね？　顔が見られない分、可愛い声いっぱい聞かせて？」

激しい愛撫と、寸止めを喰らい続けたウィーティスの限界が近い事は分かっている。それでも、初めて『本当の声』で喘ぐ彼女が可愛くて、後一回だけ、後一回だけ、とついイジメ続けてしまうのだ。震えながら呼吸を乱すウィーティスの頬に舌を這わせ、涙を舐め取っていたゼアはふと、己の下半身に目を向けた。陰茎は痛い程ガチガチに勃起し、透明な先走りがトロトロと溢れている。

「あぁ、僕もそろそろ限界かも」

おまけに時間もなくなって来た。壁の時計を確認すると、スピナキア達に命令していた〝三時間〟まであと一時間もない。あの兄弟なら多少空気を読んでくれるだろうが、今度は老夫婦が帰って来てしまう可能性がある。もうこの辺りで、彼女を自分のものにしておくべきだろう。

ゼアはウィーティスの顎を持ちあげ、今一度深く口づけをした。そして、歓喜と期待に震える己の分身をゆっくりと恋人の中に沈めていった。

「うっ……！　きつ……」

愛する恋人の体内はゼアのモノに絡みつくように締め上げて来る。脳が焼き切れそうなほどの、圧倒的な快楽が襲って来る。このまま、思う様に貪りたい。だが初めての彼女にそれは酷だ。相反する気持ちと共に、持っていかれそうになる理性を懸命に引き留める。

「ウィーティス、ウィーティス可愛いよ……！」

理性は早々に見当たらない。動かす腰は、抜き差しする度に速さを増していった。

一方のウィーティスは激しい快楽に翻弄されていた。下腹の辺りに熱がグルグルと渦を巻いているのを感じる。それを解放したいのに、その方法がわからない。その感覚に戸惑っている内に、濃度を増して来た快楽の渦に身体ばかりか心までもが飲み込まれていく。けれど不愉快ではない。むしろ怖いくらいに気持ち良い。でもこのままだとおかしくなってしまう。いつもみたいに、早くイカせて抱き締めて欲しい。

「ゼア、様……も、お願いっ……」

「ん？　もう欲しい？」

「欲しい、です……。早く、早くゼアさまの、お嫁さんに、して……」

「ハァ、全く。もう少しだけ意地悪をしようと思っていたのに、そんな可愛い事言われたら我慢出来ないな」

既に自分はこんなにボロボロなのに、まだいたぶるつもりだったのか。そうぼんやりと思いながら、ウィーティスはゆっくりと顔を動かしゼアの薄緑の瞳を見つめた。新緑を映した湖面のような美しい瞳。その瞳の湖には蕩けた顔の女が映り、上気した顔でこちらを見返していた。

「可愛いね、ウィーティス。じゃあ行くよ？　もう十分過ぎるくらいほぐしているから、痛くはないと思う」

「は、い……」

ウィーティスはコクリと頷いた。次の瞬間、信じられないほど質量のある物体がウィーティスの秘部に潜り込んで来る。めりめり、という幻の音が聞こえるくらいの、圧倒的な圧迫感。次いで激しい快楽が全身を駆け抜け、ウィーティスは遠慮のない絶叫をあげた。

「あぁっ、あぅぅっ！　ひぁぁっ！　んんっ、あーっ！」

「っ、ごめん、優しく出来ない、かも、腰が、止まんなくて……！」

パンパン、と肉を打ち付ける軽い音と共に、粘ついた水音も聞こえる。ウィーティスは羞恥に襲われながらも、同時にひどく興奮もしていた。

「ほら、キミがいっぱいお漏らしするから。聞こえる？　音すごいよ？」

「いやっ……！　そんな事言わないで！　あっあぅっ！　そこ、グリグリしないでぇっ！」

「ん、ここが好き？　じゃあここ擦ってあげるね？　……可愛い、ナカがぎゅうぎゅうに締まる。すごく吸い付いて来るよ？　僕のモノがそんなに美味しい？」

腰を掴まれガツガツと穿《うが》たれ、なおかつ言葉でも責められながらウィーティスは懸命に目の前の男を見ようと試みていた。余裕のある声音とは裏腹に、ゼアの額からは大量の汗が流れ落ち、整った顔は苦しそうに歪められている。その色気溢れる男の顔に、ウィーティスの胸は激しく高鳴っていた。

「あっ、そこだめっ、いやっ、あっ！　だめ、もう私、これ以上……！」

「だめだよ、せっかく一つになったんだから。もっとキミの声が聞きたい。いっぱい気持ち良くしてあげるから、もっと鳴いて？」

ゼアは一度強く突き上げ、ウィーティスに悲鳴を上げさせた後で未だ勃ちあがったままのモノを引き抜いた。そして素早くウィーティスをうつ伏せにひっくり返し、濡れた割れ目を押し広げて一気に貫いた。

「ひあぁぁぁー！」

「こうすると、もっと僕がわかるでしょ？　僕のカタチをちゃんと覚えておいてね？」

うつ伏せに寝かせたまま、覆い被さるように圧し掛かり熱く濡れた膣内をゴリゴリと抉って行く。結合部は体液で泡立ち、腰を打ち付ける音がジュプジュプと水を含んだものに変わり始めた。ウィーティスは折れそうな勢いでのけ反り、声も出さずにビクビクと身体を痙攣させ始める。

「あぅぅっ……あっ……ぁ……」

「気持ちいい？　可愛いね、僕もすごく気持ちが良いよ」

「ひっ、あっ、あぁっ！　だめ、だめ、あぅぅっ……」

「うぁっ！　あっ！　僕も、もう無理かも……！　イクよ、出すからねっ……！」

「ぜあさま、すき、すきっ……！」

「あーもう！　またそんな可愛い事を言う！」

ゼアは込み上げる射精感を促すように、一際激しく腰を動かした。その勢いのまま、淫らに鳴き喘ぐ愛しい女の顔を掴む。そして強引に後ろに振り向かせ、喘ぎと唾液に色取ら

れた唇に噛み付く様に口付けた。

「うっ……出る……！」

一拍の後、身体をブルリと震わせて欲望の白を思い切り吐き出して行く。ウィーティスの体内はまるで白濁を飲み込むかのように、何度も収縮を繰り返していた。


ゼアは眠る恋人の身体を優しくシーツで包んでいった。湯を含ませ、固く絞った布で清めた身体はベタつきもなくなり、さらさらとした手触りに戻っている。

その横に寝そべり、ウィーティスの髪を撫でながら再度時計を確認した。三時間をちょっと過ぎているが、階下には人の気配はない。老夫婦の帰宅もスピナキア達もまだなのだろう。もっとも、兄弟は近くで様子を窺っているのかもしれないが。

「……可愛いなぁ。あ、睫毛も葡萄色なんだ。鼻も唇も小さくて可愛い。この小さい口で僕のモノを咥《くわ》えられるかなぁ。今度して欲しいんだけど……」

頬をつんつんと突くと、ウィーティスは眠りながら顔をしかめていた。ゼアはクスッと笑いながら、尚も顔を突っついて遊ぶ。

「……あ」

ゼアはウィーティスの顔をもう一度まじまじと見た。見える。何もかもが。彼女の顔の造りも、表情も。

「あれ、呪いが解けた⁉　予定より大分早いけど、もしかしてセックスしたから⁉」

兄弟達が戻って来たらすぐに聞いてみよう。そう思う一方、起こして早く本当の顔が見てみたい、という衝動に駆られる。けれど、疲れさせたのは他ならぬ自分なのだ。せっかく眠っているのを起こすのは忍びない。そんな相反する思いと葛藤しつつ、ゼアはただ物欲しげな顔で、眠るウィーティスを見つめていた。

第六章　運命の行き先

王宮に異母妹ウィスタリアが訪ねて来たのは、オルキスの執務が一段落した時の事だった。国民に未だ秘してはいるものの、アケルの国王は現在病に伏している。

母である正妃は公務の量を減らして夫である王に付き添っている為、現在ほとんどの執務は次期国王である第一王子であるオルキスがこなしているのだ。

やっと少し休めると思ったのに、とオルキスは微かに舌打ちをする。だがその胸の内を見せる事なく、伝言を告げて来た補佐官に涼やかな笑顔を向けた。

「ウィスタリアが来た？　約束もなく急に訪ねて来るなんて、相変わらず困った娘だな。まぁ良い。通してやってくれ」

突然現れたウィスタリアに、補佐官の顔は困惑に満ちていた。無理もない、とオルキスは内心で苦笑する。本来なら面会の約束もしていない者を王子に会わせる訳にはいかない。

ましてやウィスタリアは平民の妻になり、今や一般人なのだ。

しかし、『元王女』の肩書を持つ少女を無下に追い返す事は出来なかったのだろう。

「……かしこまりました」

ウィスタリアを呼ぶ為に補佐官が部屋を出て行く。オルキスはパタンと閉まった扉をじっと見つめていた。ウィスタリアの訪問の理由はわかっている。魔砲士ゼアを引き留める事が出来なかった言い訳だろう。それとも、頼み事だろうか。

ゼアの容姿に目を輝かせていた異母妹の事だ。連れ戻して欲しい、とでも泣きつきに来たのかもしれないし、恋敵である薬師の娘をどうにかして欲しい、と頼むつもりなのかもしれない。

護衛からの報告だと、ゼアはあの身代わり薬師の娘を心から愛している様子だったと言う。強引に連れ戻した所で、もはやこちらの言う事など聞きやしないだろう。

あの愚かな異母妹は、そんな事もわからないのだろうか。いや、わかっていないからこそ、今こんなことになっているのだ。

オルキスは机を指でトントンと叩きながら考えていた。純潔を失っただけでなく、せっかくあてがってやった夫に逃げられるという失態まで犯したウィスタリア。

そんな彼女には新しい嫁ぎ先などあるはずもない。それ以前に、そもそもウィスタリアは王籍から抜けている。これでは部下に降嫁させる利点もない。となると、もう道は決まっている。

加工品にすらなれない葡萄は、廃棄するのが一番良い。

そう冷徹に扉を見つめるオルキスの耳に、コンコン、という控えめなノックの音が聞こえた。それと共に、葡萄色の髪がひょっこりと頭を覗かせる。背後に先ほどの補佐官を引き連れ、まるで猫のようにするりと部屋の中に入って来る。

「お兄様、ごきげんよう」

「……私の事は〝殿下〟と呼びなさい、ウィスタリア。それと、お前はもう王籍から抜けて一般人の〝魔砲士ゼア〟の妻になった身分だ。次からは面会嘆願書を提出して、受理された時点で会いに来てくれるかな。それで？　今日は何の用なんだい？」

ウィスタリアはきょとんとした顔をしている。その呑気な顔に激しい苛立ちを覚えながらも、オルキスはそれをおくびにも出さずウィスタリアの返事を待っていた。

「あら、違いますわ、お兄様」

「違う？　何が？」

「私、魔砲士様と結婚なんてしておりませんもの。ですから、お兄様はお兄様のままですわ。でも、次からはちゃんとお約束を取ってから参ります」

「……何だって？」

オルキスはウィスタリアの言葉を聞き、目を丸くして驚いた。今、この異母妹は何と言った？

「ですから、私は結婚をしておりません。だって、婚姻証明書を出さなかったのですもの」

「婚姻証明書を出さなかった⁉　なぜ⁉　帰国した時、すぐにサインして提出するように言っただろう！」

いつも冷静沈着な第一王子の珍しく狼狽えた姿に、補佐官は蒼白《そうはく》になっていた。

けれどウィスタリアは顔色一つ変えず、ただニコニコとしている。

「だって。せっかくだからどういう方かきちんとわかってからサインした方が良いかと思ったのですもの。ほら、結婚式は身代わりの薬師が務めましたでしょ？　ですからサインをするのに万全を期したかったのです」

「そ……それではお前はまだ……」

ウィスタリアは口元に手を当て、ころころと笑った。

「はい。私はまだこの国の第五王女ですわ」

無邪気に笑う異母妹を呆然と見つめながら、それでもオルキスの頭はすさまじい勢いで回転をしていた。未だ王籍に在るという事は、このウィスタリアにはまだある程度の価値は残っているという事だ。それなら使い道はいくらでもある。

お荷物のウィスタリアを恩着せがましく押しつける事が出来る上に三丁も霊銃を持つ腕の良い魔砲士。使い勝手の良さそうな奴に逃げられたのは多少痛いが、ただそれだけの事だ。最も進めたかったアーテルと蘇芳の皇太子との縁談がこちらに有利な条件で調った以上、それはもう些末事《さまつごと》でしかない。どちらにしても王族を裏切って逃げ出したからには、魔砲士も薬師も二度とこの国の地は踏めないだろう。

それであれば、わざわざ手間をかけて追跡し始末する必要があるとは思えない。

そこまで考え、オルキスは改めて目の前の異母妹に笑顔を向けた。何を言って来ようが、この程度の娘を上手く丸め込む自信は十分にあった。

『頼み事』があるならば、それを聞くフリくらいはしてやっても良いだろう。

「そうか。それは良かった。で？　今日の訪問の理由は？　正式に婚姻関係を結んでいないとは言え夫に逃げられてお前も傷ついているだろう。何か言いたい事があるなら言ってごらん？　聞ける事なら聞いてあげるよ？」

「お兄様、私の事を怒ってらっしゃいませんの？」

「怒る？　私が？　まさか」

オルキスは内心で嘲笑っていた。最初から怒ってはいない。尽《ことごと》く斜め上の行動をとる異母妹に呆れてはいるけれど。

「まぁ良かった！　安心しましたわ、お兄様。あぁ、お仕事のお邪魔をして本当に申し訳ございませんでした。では、私はこれで失礼致しますわ」

「ちょ、ちょっと待ちなさい！」

「あら、なんですの？」

小首を傾げる異母妹を前に、オルキスは思わず立ち上がった。これだけ？　ただ、自分が怒っているかどうかが知りたいというだけで、突然訪問をして来たというのか？

「ほ、他に何かないのか？　例えばその、お前の夫を連れ戻して欲しいとか……！」

「嫌ですわお兄様。私には〝夫〟はおりませんわよ？」

「あ、あぁまぁ、そうなのだけど……」

ウィスタリアは心底不思議そうな顔をしている。オルキスは二度も自分の狼狽えた姿を見たであろう補佐官を見ない様にしながら、咳払いをして再び椅子に座った。

「では失礼いたします、お兄様」

「あぁ、うん。また、今後の事は追ってこちらから連絡をする。引き続き自分の屋敷で待機していなさい」

「かしこまりました」

可愛らしくお辞儀をし、くるりと背を向けたウィスタリアがふと立ち止まった。オルキスは訝しげな目を異母妹に向ける。

「……お兄様」

「何だ？」

「……私、ちゃんと反省をしていますの。自分のした事も良くわかっています。ですからお兄様の、いいえ、アケルの益になる事であればどんな事でも致しますわ」

「ウィスタリア、お前は……」

何かを言いかけたオルキスの言葉を聞く事もなく、ウィスタリアは笑顔で立ち去った。入って来た時と同じ様にしなやかな身のこなしで、第一王子の執務室から素早く出て行ってしまった。

廊下に出たウィスタリアは、胸に手を当ててほう、と大きく息を吐いた。やはり異母兄はよほど疲れているらしい。本来ならば、ウィスタリアがわざわざ忙しい時に約束も取らず訪問して来た真意に気づかない人ではないのに。

「でもこれで、お二人から目を逸らせたわ。……さすがね」

ウィスタリアの脳裏に、皿の上で婚姻届けがみるみるうちに炎に包まれていった光景が過る。魔砲士ゼアとの婚姻が成り立っていない事を、一刻も早くオルキスに伝える様に言って来たのはメイドのロサだった。そのロサは、ウィスタリアが尊敬してやまない異母姉アーテルの直属のメイドだ。賢い姉の元には賢い人材が集まるのだな、と改めて感心をする。

『正式な婚姻を結んだ王女を捨てて逃げたとなると、王家の面子が潰されます。殿下は即、追跡をかけるでしょう。捕まればどんな惨い目に遭わされるか。でも、ウィスタリア様と魔砲士殿は正式な夫婦ではない。そして身代わりを立てた手前お二方の結婚は秘められており、〝王女ウィスタリア様の結婚〟を国民に正式発表するのは来月の予定になっている。……ここまで言えばお分かりですね?』

残念ながらウィスタリアはロサの言いたい事が何一つ理解出来ず、一から説明して貰う羽目になった。

『魔砲士ゼア・ヘルバリアと王女ウィスタリア様のご結婚はまだ国民に知られておりません。平民ゼアが同じく平民である薬師の手を取って逃げたとしても、ウィスタリア様はいまだ王族です。それがわかれば、殿下は〝一介の平民夫婦〟に構う事なく貴女様のご結婚を成立させる為に尽力される事でしょう』

――今頃、異母兄は自分を駒としていかに使うかを色々と考えているのだろう。

それは構わない。むしろ望む所だ。幼い恋に飲み込まれ、周りが見えなくなっていた自分は周囲に多大なる迷惑をかけた。その償いはしなくてはならない。

それに、結局一度も会う事はなかったが、自分の身代わりをさせられた薬師の娘は自分の店を開業したばかりだったと言う。彼女の努力も夢も、自分が全て台無しにしてしまった。

「……これで償いになるとは思わないけれど、お二人には幸せになって頂きたいですわ」

来月の〝結婚発表会〟の時には、自分の隣には一体どんな人が立っているのだろう。

今度こそ仲良く出来ると良い。お互いを深く一途に想い合う、あの二人のように。

ウィスタリアは真っすぐに前を向いて歩いた。日の光を反射して光る窓に映るその横顔からは、幼さが少しだけ抜けていた。


出国の朝。

ウィーティスは持って来た新しい洋服を身に着け、アスピスを腰に装備して全ての準備を整えた。そして大きく溜息を吐き、ゆっくりとベッドに腰を落とした。

全身がだるい。そうやってしばらくベッドの縁に腰かけ休みながら、チラ、と目線を部屋の中央に移した。

そこには、スピナキアとルブス兄弟と楽しそうに戯れるゼアの姿があった。

「……」

ウィーティスはその広い背中を恨めし気に睨み付ける。たかだか着替えをするだけでこんなにも疲れてしまうくらいに自分はヘロヘロにされているのに、なぜヘロヘロにした原因であるゼアはあんなに元気なのだろう。もちろん男女差もあるし、そもそも鍛えているゼアと比較する事自体がおかしいのは分かる。分かるが、納得はいかない。

——昨日は結局、夜になるまで抱かれ続けた。宿の主である老夫婦や兄弟がいつ帰って来たのかウィーティスには分からない。けれど後背位で激しく突かれている最中、ウィーティスは堪えきれず何度も甲高い嬌声《きょうせい》をあげた。

その度に、後ろから回された大きな手で口を塞がれた。時間の感覚はなかったが、恐らくあの時には既に夫婦も兄弟も帰ってきていたのだろう。

一階に人がいる状態で抱かれ、夢中で溺れていたなんて考えただけで恥ずかしい。それも老夫婦はともかく、兄弟はゼアとウィーティスが二階で何をしているのか知っているのだ。羞恥のあまり、顔から火が出そうになる。

その上、やっと解放された時には疲れ切って起き上がる事も出来ず食欲も全くなかった。夜中に一度目を覚まし、ゼアが口に含ませてくれた果汁を一口だけ飲んだあとはまた泥のように眠った。

朝から続いた緊張感とゼアとの攻防。そして心が通じ合った安堵と抱き潰された疲れ。それらが一度に身体に圧し掛かり、逆に深い眠りにつけた。それで何とか早い時間に目を覚ます事が出来たのだ。

老夫婦の方は兄弟が上手く誤魔化してくれたようだった。ウィーティスが夕食に下りて来ない理由を、「体調不良で寝ている」と説明してくれていた。ウィーティスの分の夕食は、兄弟が分けて食べたらしい。

「まぁ、食べたって言っても僕達は人間のご飯なんて食べないから、内側の動力炉で燃やしていたんだけどね」

「おかわりとか持って来てくれて、なんだか申し訳なかったなぁ」

兄弟はすまなそうに顔を見合わせていた。

朝方になって、体調不良という嘘を信じた初老の妻が心配して焼き立てのパンとミルクを持って二階に来てくれた。申し訳なさでいっぱいになりつつも、ウィーティスは感謝の言葉を述べてそれらを受け取った。

そして次にテーブルに目を移した。パンの良い香りがベッドまで漂って来る。今なら、ほんの少しは食べられる気がした。ウィーティスはヨロヨロとテーブルに向かう。

多少無理をしてでも食べておかないと、酷い船酔いをしてしまう事を知っていたからだ。

「ウィーティス、大丈夫?」

よたよたと歩くウィーティスの元に、心配そうなゼアが近づいて来た。ウィーティスは恥ずかしさを誤魔化す為に、そして少々の抗議の気持ちを込めてふいっと顔を逸らした。

「大丈夫じゃないです」

「アハハ、やっぱり？　ごめんね、まさか自分がここまで我慢出来ないとは思わなくて」

「ひどいです。下に、人がいるのに、あんな……」

「ごめん、ごめん。キミのイイ所探すのについ夢中になっちゃって。でも頑張ってくれたから、キミが一番弱くて一番好きなトコ見つけられたよ？　だから今夜はソコをいっぱい可愛がってあげるね？」

最後の一言は、掠れた息と共に耳元にこっそりと囁かれた。次いで、ゼアはウィーティスの左腕を持ち上げた。そして長い指を脇の窪《くぼ》みに当て、左の乳房まで滑らせたあと膨らみの横を指で揉む様にしてくすぐった。ウィーティスは身体を跳ねさせながら、顔を真っ赤に染め、身を捩って腕を振りほどいた。

「どうしてだろうね。同じ人間の身体なのに、左側のこの部分だけがびっくりするくらい感じるなんて」

耳を食みながら甘く囁かれる度に、身体中に電流のように甘い疼《うず》きが走る。昨夜は身体中を撫で回され、『感じる所』を探された。あちこち触られたり舐められたりしている内に、左の脇から胸にかけての部分にゼアの指が掠めた。その時感じた、神経を直接触られたような感覚。ゼアがニヤリと笑うのを見た時、全身に絶望の鳥肌が立ったのを覚えている。

「お腹の中は、深い所をちょっと乱暴に突かれるのが好きなんだよね？　色々試してみたけど、後ろからしていた時が一番感じていた。気持ち良さそうな顔が見えないのは残念だけど、キミが喜ぶならずっと後ろからしてあげる」

「ち、違います！　それに、そんな事を今言わないで……！」

「え？　違うの？　気持ち良くなかった？　あんなに可愛く鳴きながら、僕の事をぎゅうぎゅうに締め付けていたのに？」

わざとらしく哀しげな顔を浮かべて見せるゼアを、ウィーティスは涙目で睨み付けた。なぜ自分は、朝からこんな恥ずかしい会話をさせられているのだろう。

「そっか……気持ち良くなかったか……僕の頑張りが足りなかったかな……」

「い、いえ！　そんな事は！　き、気持ち良かった、です……」

「でしょ？　良かったぁ」

思わず返事をしてしまい、ウィーティスは慌てて口元を押さえる。ゼアはそんなウィーティスを見つめながら、ニコニコと嬉しそうに微笑んでいた。

（……？）

そこでウィーティスはふと気づいた。ゼアの薄緑の瞳がウィーティスを真っすぐに捉えている。それは何と言うか、これまでと違って『目が合う』感じがはっきりとした。

「ゼア様、あの」

「可愛いね、ウィーティス。手で触って顔の輪郭は何となくわかっていたけど、やっぱりこうやって直接顔が見られると本当に嬉しい」

「もしかして、目が……」

ゼアは嬉しそうに頷き、ウィーティスの顔を両手で挟むと唇に啄《ついば》むようなキスをした。

「うん、予想より随分早かったけど目は元に戻ったよ。スピナキアが言うには、アスピスと契約しているキミを抱いたから呪いが解けるのが早かったんじゃないかって。だからキミの葡萄色の瞳も良く見える。けどこの色は、本来髪の色だよね？　とりあえず船に乗ったらすぐ髪と目を元に戻して」

「ゼア様、それなのですけど……」

ウィーティスは上目遣いでゼアを見上げた。単独で脱出するつもりだった時から、ずっと考えていた事があった。

「私、髪と目はこのまま入れ替えたままで良いと思っているのです。だって、これから蘇芳へ向かうのですもの。蘇芳には最近までウィスタリア様が留学なさっていました。国民も『葡萄色の髪』と言えばウィスタリア様を想像するはずです。黒鳶様への配慮もありますし、私は別に、髪の色なんてどうでも良いですから」

ゼアは何も言わない。ただ、端正な顔が微かに歪むのが見えた。それは怒りの表情にも見え、ウィーティスはびくりと身体を震わせた。

「あ、あの、ゼア様」

「……それは置いておいて、ちょっとキミに聞きたい事があるんだけど」

「はい、何でしょう？」

「キミは以前、〝アーテル王女は自分が蘇芳に行くのを望んでいるはず〟と言っていたよね？　それは王女殿下から直接、そして明確に〝蘇芳に来るように〟と言われたの？」

ウィーティスは目をぱちぱちと瞬かせた。蘇芳に行くのは当然の事だ。アーテル王女には幾度か助けて貰った。黒桔梗のブローチを頂くという直接的なものから、腹心の部下ロサを使うと言う間接的なものまで。それはきっと、自分を蘇芳に呼んで何らかの形で借りを返させる為に——。

「……いいえ、はっきりとは言われていません」
「そうか。ではあくまでキミが〝そう思った〟というだけなんだね？」
「え、えぇ……」

ゼアはそれ以上何も言わなかった。ただ俯き、何かを考えるウィーティスの頬にキスをして髪を優しく撫でてくれた。

「お世話になりました」
「いえいえ、具合が良くなったなら良かったわ」

老夫婦に礼を言い、ウィーティス達は宿を後にした。老夫婦はパンとミルクを差し入れてくれただけでなく、日持ちのする重たい黒パンとチーズ、果物の砂糖漬けも包んで持たせてくれた。

「本当にお世話になりました。ありがとうございました」

ウィーティスは夫婦に、もてなしに深く感謝をしているという事を伝えた。

「あの、これを受け取って頂けませんか？　私の気持ちです」

そして持っていた翡翠を一つ、宿代とは別に渡した。

「まぁ、そんな事をしなくても良いのよ？　翡翠なんて高価なもの、頂く訳にはいかないわ。それに、宿代はきちんと頂いているのだから」

「……いや、頂くよ。ありがとう、お嬢さん」

妻は驚き受け取りを拒否したものの、ウィーティスの真剣な顔を見て何かを察したのか夫の方が受け取ってくれた。

「良い旅になるよう、お祈りをしているわ」

「はい、ありがとうございます」

見送ってくれる老夫婦に手を振り、ウィーティス達は港に向かった。アケルから離れる時が、すぐそこに迫っていた。宿から船着き場までは歩いて五分もかからない。

それでも、万が一の追手を警戒して慎重に移動した。スピナキアとルブスも人型のままで一緒に歩いている。乗船口に到着した途端、それまで黙っていた兄弟が騒がしく話しかけて来た。

「ウィーティス、僕達はどこに行くの？　どの船に乗るの？」

「楽しみだなー。俺達、船に乗るのは初めてなんだ。ゼアはいつも陸上移動だから」

「こら、あんまり騒がない。遊びに行く訳じゃないんだから」

まるで人間の子供のようにはしゃぐ兄弟を、ゼアが優しく諫めている。

その微笑ましい光景に頬を緩めながら、ウィーティスは乗船窓口の係員に黒桔梗のブローチを見せた。係員は訝《いぶか》しげな顔をしたまま、ブローチに手を触れようとはしない。

どうやら黒桔梗のブローチにではなく、ウィーティス自身に対して不審があるようだった。その理由はわかっている。ウィーティスは焦る事なく、鞄から『色変わり』の解毒薬を取り出し一気に飲んだ。飲み終わると同時に、髪が葡萄に瞳が瑠璃にと、元の色に戻っていく。

係員はその様子を見ても一切驚いてはいなかった。ただ微かに頷きながら、色が入れ替わっていく様子を黙って見つめていた。

そして、ウィーティス達は船に乗った。

――剣を咥えた深紅の獅子《しし》が描かれた国旗を持つ国。シーニー行きの船に。


「潮風を浴びるのなんて久しぶりだわ」

そう呟きながら、ウィーティスは一人甲板に立っていた。誰もいない、特等客室専用の甲板。乗船口で係員にブローチを見せた後、係員の合図でどこからともなく現れた船の乗組員に案内されたのがこの特等客室だった。そこでウィーティスはある質問を乗組員にした。そしてその答えを聞き、確信をした。

自分の選択は『正解』だったのだ、と。

宿でゼアに『蘇芳に行けと明確に言われたのか』と聞かれた時からずっと考えていた。自分はこのまま蘇芳に行くべきなのだろうか。いや、行って良いものなのだろうか。

ウィーティスは初めてアーテル王女に会った時から今までの事を遡って考えた。

どうやら王女は物事の先の先まで読んでいるらしい。以前、ロサが言っていた王女の人柄についての言葉が思い出されて来る。

『宝石の場所を調べ上げ、被害を最小限にしながら全ての宝石を拾い集める御方』

宝石、とは人材の事で間違いない。目をつけた人間の性格を把握した上で、脅しなどの手段を取る事なく全ての人間に何らかの役割を与える、という事だろうか。でもそれは、自分が抱いている漠然とした王女のイメージにはそぐわない気がする。きっとあの王女はオルキス王子よりも冷静で冷酷で、効率を重視する計算高い人だと思う。そう考えると、ロサの言葉が持つ本当の意味がわかって来る。〝運命〟という坂道を転がって行く宝石。

その宝石が転がる先に見えない道筋を作り、王女はただその先で待っている。そして無事に手の内に落ちて来た宝石のみを回収し、愛でる。宝石を一度全て確認し、その上でふるいにかける王子とは異なり王女は道を外れた宝石の行方には一切の興味を示さない。

例え、ほんの半歩横に動いてやれば落ちて来る宝石を受け止める事が出来たとしても。

それは確かに〝全ての宝石〟を拾う事が出来る訳だ。彼女にとっての〝全て〟とは自分の手の中にある『思い通りに転がって来た宝石』だけなのだから。

恐らくアーテル王女は、他人を信用するのに人間性を求めていないのだ。あくまでも、自分の意のままに動く人間のみを必要としている。

それに思い至った時、ウィーティスは落ち着いて考える事が出来た。

――ロサ。彼女はアーテル王女の『宝石』の中では別格の扱いを受けている。ロサ本人もその事は自覚しているだろう。だからこそ、彼女は幾度となく自分を助けてくれたのだ。もちろん王女を裏切ろうとした訳ではない。むしろ裏切らない為に、彼女は王女の手の中に向かい真っ直ぐ転がっていく道筋からウィーティスを弾き出そうとしてくれていた。蘇芳に入ってしまったら、ウィーティスを助ける為に動く事は絶対に出来ないのだから。

ウィーティスの脳裏に、ロサと交わした最後の会話が過る。

また蘇芳《むこう》で会えるのかと聞いた時に、ロサは確かこう答えていた。

『そう頻繁には会えないかと思います』

それは蘇芳で会えるとも会えないとも答えない、曖昧な答え。

それに、大切な友人だと伝えた時には、こう言っていた。

『私の友人を名乗りたいなら、無事に逃亡する事ですね』

〝無事に蘇芳へ逃亡しろ〟とは一言も言っていない。

ロサは、暗に示してくれていた。道を外れてしまえば、王女には見向きもされなくなる。だから自由に生きて良いのだと、言ってくれていたのだ。もちろんウィーティス単独では厳しかっただろう。けれど、恐らくウィーティスがゼアと合流するであろうことも見越しての発言だったに違いない。

部屋に案内されながら、ウィーティスは澄ました顔で乗組員にこう聞いた。

『ロサからは二等客室だと聞いていましたけど？』

乗組員は小さく頷きながら答えた。

『それは蘇芳行きに乗船された場合ですかね？　でもその場合は三等ですよ。本日停泊している船は蘇芳、シーニー、ブルトカール、エリュトロン行きの四隻ですが、蘇芳行き以外に乗船された場合は、特等にご案内するようにロサ殿から言われております』

——正解だけど不正解、の蘇芳船に乗ったら三等客室で、不正解だけど正解、の他国船に乗ったら特等客室。

こういったところにロサの性格が良く現れている、とウィーティスはクスクスと笑った。

もう二度と会えない訳ではない。彼女は別れ際、『またね』と言ったウィーティスに『ええ、また』と答えてくれた。きっとまた、いつかどこかで会える日が来る。

その時は、あの葡萄の帽子を被って行こう。そう心に誓っていた。

「……ウィーティス。何を考えているの？」

不意に背後から声がかかった。振り向く前にふわりと包み込むように抱き締められる。首筋に強く吸いつかれ、そのくすぐったさに身を捩った。

「言われる通り、蘇芳に向かっていたらどうなっていたのかなぁ、と考えていました」

「……考えただけでゾッとするよ」

ゼアは大袈裟に身を震わせた。

「ゼア様。私、シーニーでもう一度薬局を開こうかと思っているのです。良いですか？」

「もちろん良いよ。僕、あんまりお金使わないからそれ位だったら余裕で出せる。……まぁ、正直あんまり働いて欲しくはないけど」

ウィーティスは腕の中で身体を反転させ、不貞腐れた顔のゼアを見上げた。ゼアは無言のまま、ウィーティスの葡萄の髪を指に絡めてくるくると巻いている。

「どうしてですか?」

「心配だから。キミは可愛いし、変なお客に絡まれるかもしれないだろ」

「そんな、お酒を出すお店ではないし大丈夫です。だって薬局ですよ? そんな事は起こらないと思いますけど」

「何でわかるの」

ゼアは妙に食い下がって来る。ウィーティスは腰をポンポンと叩いてみせた。

「本当に平気です。だってアスピスだって一緒に居るのですもの」

ウィーティスの言葉に、ゼアは呆れたような顔をしてみせた。

「……キミは知らないだろうけど、魔砲士の資格無しで霊銃を使うと違反になるんだ。そもそも資格を所持してない人間が霊銃を撃つ事はまず出来ないんだけど、キミの場合は例外だから」

「え!? そうなのですか!?」

何となく、自分が特例なのだろうとは思っていた。けれど、まさか法律違反を犯していたとは思いもよらなかった。

「し、知らなかったです……」

「あのね、魔砲士の資格を得るには一定の体力と解呪魔法に解毒魔法、それと母国語に加えて四か国以上の言語習得が必要になる。紋章の提示のみで国を移動出来る特権がある分、諸々の罰則も厳しい。資格取得は結構大変なの。魔術師と違って魔砲士は学校を卒業したからって必ずなれる訳じゃない。それにも関わらず、実は霊銃の気まぐれでこんな風に無資格者でも撃てる。だから魔砲士協会は違反者に対してとても厳しくあたる」

ウィーティスは項垂れ、腰のアスピスに視線を落とした。そんな事なら契約者をゼアに戻した方が良いのでは、と思ったのだ。素人女の腰にぶら下がっているだけではアスピスが退屈してしまうだろうし、何よりもゼアに迷惑がかかる。

「ゼア様。それでは私、アスピスに伝えます。契約を元に戻すように」

しかしゼアは首を横に振る。てっきり賛成してくれると思っていたウィーティスは、戸惑った顔をゼアに向けた。

「いや、契約はそのままで良いよ。仕事で留守にしてもアスピスを通してキミの様子が分かるから。うーん、そうだな、もし僕が居ない時に変な奴に変な事されそうになったらアスピスを使って。けど、その時は通報されない様にちゃんと止めを刺すんだよ？　目撃者も消してね」

「え⁉　いえ、あの、それは……」

真顔でいきなりすごい事を言われた。ウィーティスは引き攣った笑みを浮かべながら曖味に誤魔化す。ゼアはそれで一人納得をしたのか、何事もなかったかのようにウィーティスの首に吸い付いて来た。

「きゃっ！　もう、ゼア様！」

「んー？　良いでしょ別に。ここには誰も来ないんだし。あぁそうだ。アスピスは魔銃だから魔力を吸い取って来るからね、取り敢えず魔力制御の飾り紐を後で編み込んであげる。でも、刺青の方が安心だからね、落ち着いたら僕が彫ってあげるよ。どこにしようかな、ここが良い？」

ゼアは耳元で囁きながら、両手でほぐすように胸を揉む。そして服の上から、乳輪をなぞるように指先をくるくると動かした。

「そ、そんな所……！」

「ん？　ここは嫌なの？　薄い桜色を使って彫ったら可愛いと思うけど？」

「だって、そんなの、恥ずかしいです……！」

「どうせ僕しか見ないのに。まぁ、でも嫌なら仕方がないか。じゃあこっち？」

海風にあおられ、捲れたワンピースの裾から素早く右手が差し込まれた。

抵抗する間もなく、下着の上から陰核をグリグリと押し潰される。ウィーティスは手すりを摑んで腰を震わせながら、必死にその刺激に耐えていた。

「あっ、あっ、んんっ！」

「気持ち良い？　ここ、いっぱい舐めて弄って、勃起させてから彫ってあげようか？」

「ひぁっ!?　いや、いやっ！　やだっ……」

「フフ、冗談だよ。出来なくはないけど、敏感な場所だしちょっと痛いだろうからね。でも、見えない所に彫った方が良いのは確かだから足の付け根にする？」

　ウィーティスはガクガクと頷いた。良くわからないが、足の付け根ならまだ我慢出来る気がする。

「……っ！　きゃぁっ」

　先ほどからずっと、下着越しに弄られている秘裂からくちくちと濡れた音が絶え間なく響いていた。その音が止んだかと思うと、下着の端から指がヌルリと差し込まれる。そしてそのまま、秘穴へ当然のように潜り込んで行った。

「ゼ、ゼア様……！　待って、やだ、外でなんて……！」

「恥ずかしい？　でもここなら大きな声出しても大丈夫だよ？　宿だと声が出せなかったから物足りなかったでしょ？」

　ゼアは耳の裏側に唇を押し当て、音を立てて吸いながら指を妖しく滑らせた。

「あ、ま、待って！　アスピスが、見ているから……！」

「大丈夫。キミの乱れた姿は誰にも見せたくないし可愛い声も聞かせたくないからね、さっき魔封の札貼ったから心配しないで」

　指で体内をかき回される、甘い刺激に翻弄されながらもウィーティスは腰に装備されている魔銃に目線を向けた。赤銅色の武骨な魔銃に、いつの間にか黄ばんだ札が貼られている。その札を見て、どこかホッとした気分になったウィーティスは、ゆっくりと全身の力を抜いた。耳に、微かな衣擦《きぬ》れの音が聞こえる。

「……挿れて良い？」

「は、はい……んゃぁっ！」

返事をすると同時に、熱い楔《くさび》で体内を一気に貫かれた。そのまま勢い良く前後に抜き差しされると、思わず悲鳴のような声が口をついて出て来る。外で抱かれているという背徳感と遠慮なく声を出せる解放感。それらに抗う事が出来ず、ウィーティスは遠慮なく甲高い声を上げた。そして内側をゴリゴリと擦られる度に押し寄せる、目の眩みそうな快楽。

気づくと足の内側がびっしょりと濡れ、口の端からはたらたらと唾液が溢れていた。

「あっ、あんっ！　あぁっ！　あっ！　そこ、気持ち、い……っ！」

「うん、知っているよ。すごく気持ち良いんでしょ？　ねぇ、ウィーティス。答えは分かっているけど、一応聞くね？　優しくして欲しい？　それともちょっと激しくして欲しい？」

「ひぁあっ！　あっ！　そ、んなの、言えな……！」

「駄目だよ、ちゃんと言ってくれないと。ほら、どっち？」

「はうっ、あっ……！　は、激しく、して……っ」

「激しくして欲しいだなんて、悪い子だね、ウィーティス。キミのそういう所は本当に可愛い。良いよ、じゃあちょっと激しくしてあげる」

早さを増していく、水音混じりの粘ついた音。腰を掴む力強い手に低く掠れた呻《うめ》き声。青い海の上、明るい日の光の下に、肉を打つ音とはしたない喘ぎ声が響き渡っていく。

「僕のウィーティス、キミの葡萄色、が、すごく綺麗に見える、よっ……はぁ、可愛い、愛してる……！」

「あ……っ、ゼアさま……！　んあぁぁ……っ……好き、好きです……！」

激しく揺さぶられながら、ウィーティスは懸命に後ろを振り返る。

快楽に潤む瞳に過るのは、日をたっぷりと浴びて艶めく玉蜀黍の色。そして、汗を飛び散らせる余裕のない男の表情。

その色気溢れる様を見ながら、ウィーティスはそっと口を開け、強請《ねだ》るように桃色の舌を伸ばした。間髪入れずに、差し出した舌が千切れそうなほど吸い上げられる。

同時に、激しく動いていたゼアの腰がビクビクとまるで痙攣するように震えた。

腿の内側を、たっぷりの熱い液体が伝いトロトロと下方へ流れて行く。出されたものが溢れて行くその感触に、ウィーティスはひどく満たされていた。

最終章　色づく未来

ウィーティスは一人、部屋で編み物をしていた。ふと、何かに呼ばれた様な気がして顔を上げる。目線の先には、専用の置き場に鎮座している魔銃アスピス。しばらくアスピスを見つめた後、徐に立ち上がり部屋の窓を開け放った。即座に流れ込んで来る朝の冷たい空気に身を震わせる。先日編み上がった毛糸の羽織物を身に纏いながら、外の景色に目を凝らした。

しばらくすると、真っ白い息を吐く黒馬が見えて来た。その背には、玉蜀黍色の髪の青年が跨《またが》っている。この少し寒い国シーニーに来てから一年。そして半年前に結婚式をあげたばかりの愛する夫。仕事で五日ほど留守をした彼が、ようやく帰って来てくれたのだ。

「ゼア様！」

ウィーティスは大声で夫の名前を呼びながら、大きく手を振って見せた。顔を上げ、開け放った窓から手を振るウィーティスを捉えた瞬間、ゼアは両目を見開き慌てた様に馬を急がせていた。

「そんなに急がなくても良いのに」

顔色を変えたゼアの顔を思い出し、ウィーティスはクスクスと笑う。そして身体が冷えているであろう夫に温かいお茶を淹れる為、窓を閉め暖炉の方へと身体を向けた。

十日の長い船旅を終え、シーニーに到着したゼアとウィーティスがまず向かったのは、ゼアが登録している魔砲士の事務所だった。世界中を渡り歩く魔砲士は固定の家をあまり持たない。そして頻繁に訪れる国には別荘を持っている事が多いらしい。

ゼアもシーニーに別荘を一軒持っていた。そこに向かう前に、シーニーで定住する事を報告に行ったのだ。

そこの事務所の所長は、ゼアが仕事の合間に父親の遺体を探している事を知り何かと協力してくれていたらしい。兄弟銃の事やウィーティスとアスピスの関係、そしてシーニーに来るに至った過程をつぶさに話している事から、その信頼の強さが窺えた。

ゼアは結局、そのまま事務所に所属する事になった。

今後は事務所を通して仕事を受けていく事になる。事務所に所属をすると、怪我や病気の保障はしっかりしているし仕事を選ぶ事も出来る。多人数が必要な仕事でも、自腹を切って他人を雇わなくても済む。だがその分自由度は下がり、事務所に報酬の何割かを渡さなければならないので収入も少し下がるのだ。

「ゼア様、本当に良かったの？　もしかして私が薬局を開きたいっていったから？」

「ううん、違う。前から思っていた。大切な人が出来たらどこかの事務所に所属しようって。長生きしたいからね」

「それなら良いけど……」

「うん。それで良いの。じゃあ家に行く前に買い物して行こうか。街の中も案内してあげるよ」

ゼアは機嫌良さそうに言い、ウィーティスの手をぎゅっと握った。

「シーニーは良い宝石が採れるんだよ。ね、ルブス」

「そうそう。ウィーティス、宝石は好き？」

「うん、好き。……そうね、宝石が好きじゃない女の子はそう多くないと思うわ」

兄弟達の話に、ウィーティスは目を輝かせた。

「じゃあ、今から買いに行こうか」

「え？」

きょとんとした表情でゼアを見上げていたウィーティスの顔が、意味を理解した途端に真っ赤に染まる。ゼアはその初《うぶ》な仕草を愛しげに見つめながら、繋いだ手を持ち上げ左手の薬指にそっと唇を押し当てていた。

シーニーに来てから三ヶ月が経った。生活も落ち着いて来た頃でウィーティスはゼアと共にフェイツイリューの家族の元へ帰った。シーニーとフェイツイリューは陸続きではあるが、距離にするとそれなりに遠い。だから飛空艇を使い実家に帰る事にした。

「飛空挺か……嫌だな……」

「どうして？　その方が早いのに」

仕事移動では普通に乗るくせに、ゼアはウィーティスを飛空艇に乗せる事に難色を示していた。

飛空艇の墜落で父を失ったゼアは、ウィーティスをも失う事を恐れているのだ。

ウィーティスはゼアの手をそっと握った。

心配してくれる気持ちは嬉しいけれど、陸路の往復に時間を費やすとゼアの仕事に差し障る。ウィーティスにはそちらの方がよほど気になった。

「でもゼア様。結婚の報告に行くのにゼア様お一人で私の実家に行く訳にもいきませんし、ここは我慢して頂けませんか？　お仕事の事だってありますから……」

ゼアとて理解していない訳ではない。それが証拠に、しばらくの間は唸《うな》っていたものの、ウィーティスの懸命な説得と懇願に、渋々と折れてくれた。

「全く、こういう所が不便なんだよね、所属先を固定すると」

「そう仰らないで。私の心配なら大丈夫。ゼア様が守って下さるでしょ？」

「当然だよ、そんなの。まぁいざとなったらスピナキア達に受け止めさせれば良いか」

こういう時アスピスは役に立たないよね、本当に残念。と、どこか優越感に満ちた表情で言うゼアに、ウィーティスは苦笑いで返す他なかった。

実家に到着した後は、まず両親に長く連絡をしなかった事への謝罪をした。

「お父さんお母さん、ただいま！　その、ごめんなさい。ずっと連絡をしていなくて……」

「もう、本当よ、ウィーティス！　あなたの事だからすぐに手紙をくれると思っていたのに。お父さんなんて心配のあまりに、捜索願いを出す所だったのよ？」

ウィーティスは身体を縮こまらせながら、両親に頭を下げた。そして、ここに至るまでの経緯を説明する事にした。

だがさすがに『王女の身代わりで偽装結婚をして殺されかけたけど、無事に逃げました。そして今度はそのお相手と共に手に手を取り合い国から脱出し、晴れてこの度本当の結婚をするので許可を下さい』などと言えるはずがない。

「本当にごめんなさい！　仕事が落ち着いて来たから、そろそろ連絡をしようと思っていたの。でもその矢先にお店が火事に遭っちゃって……。後処理で忙しくて、連絡が出来なかったの」

「火事⁉　ウィーティスあなた、お店を火事にしちゃったの⁉」

「あ、うん……そうなの。このゼア様は、その時助けて下さったの。魔砲士様なのよ」

ウィーティスに紹介され、ゼアは深々と頭を下げた。

「はじめまして。ゼア・ヘルバリアと申します」

『火事』という大事に気を取られたのか、両親は心配こそすれウィーティスを責めはしなかった。ゼアとの結婚も、命の恩人という事であっさり承諾をしてくれた。

シーニーへの移住も、アケルよりも近いからか特に反対はされなかった。

試練を無事にクリアし、ホッと一息ついたところで、今度はウィーティスの方から色々と近況を聞いてみた。するとお茶を飲んでいた母が、ポンと膝を叩いた。

「そうそう、斜向かいのジンさんいるでしょ？　二ヶ月前お仕事でアケルに行っていたらしいのだけど、偶然王女様の結婚発表の場に居合わせたんですって。王女様の髪の色、あなたにそっくりだったって驚いていたわ」

「そっくりな髪の色……。って、えぇ!?　ウィスタリア様がご結婚!?」

「ええ、そうみたい。なぁに？　そんなに驚いて」

キョトンとした顔の両親の前で、ウィーティスとゼアは顔を見合わせた。

ゼアとの結婚が無効だったのは知っているけれど、こんなに早く、しかも一体誰と結婚したというのだろう。

「えーと、宰相様のご長男らしいわよ？　ご病気で両の足が動かず、後継ぎから外れて領地に引き籠っていらっしゃったのですって。けど、偶然その地を訪れていた王女様とあっという間に恋に落ちたらしいの。素敵よね。それにお年が十五も離れているのに旦那様を一生懸命支えていらして、見ていて微笑ましかったって言っていたわ。アケル国民の評判も上々みたいね」

ウィーティスは胸にそっと手を当てた。これで王女からゼアを奪ったという罪悪感が消えた訳ではない。それに、あの狡猾《こうかつ》な王子の事を考えると『偶然』という言葉すら怪しいものだ。けれど、自身の幼さと国の思惑に振り回された年若い王女が、幸せになってくれれば良いと心から願わずにはいられなかった。

ゼアとウィーティスの結婚式は、二人が現在暮らしているシーニーで行う事に決めた。フォリウム家にはウィーティス以外に若草色の髪の父親と水色の髪の母がいる。黒髪に黒目の多いフェイツイリューでは、フォリウム一家の容姿はかなり人目を引いていた。そこにゼアが加わるのだ。用心をしておくに越した事はない、と判断した。逆にシーニーは他国ではまず見られない肌の色を持つ人種が多く存在する。現に、ゼアの雇い主の所長は薄紫色の肌をしているし、ゼアと同い年の同僚魔砲士は紅色の肌をしている。

それを踏まえてもウィーティスの葡萄の髪は希少色だが、周囲が色彩に溢れているとそんなには目立たない。

「ウィーティス、招待状を出すのはこれだけで良い？　キミの家族と親戚。後は薬師学校の友達」

「ええ、それで大丈夫。ゼア様の方はさすがに大勢いらっしゃるのね」

疲れた様な顔で名前を書いているゼアの目の前には、招待状が山積みになっている。

その数は、ウィーティスの五倍以上だ。

「いや、人数自体はそう多くないんだよ。けど僕が親しい魔砲士仲間は皆、どこにいるか分からないんだ。だから一人に対してあちこちの居住地宛に何通も出さないといけないんだよね。僕も同じヤツから四通貰った事があるよ」

「まぁ、そうなの……」

ウィーティスは納得した様に頷きながら、ふとゼアの方を見た。ゼアは書く手を止め、無言でこちらをじっと見ている。

「……何か?」

「一通、足りなくない？　招待状」

「え?」

「いるでしょ、もう一人。キミが一番来て貰いたい友達が」

「ゼア様……それは、でも」

ウィーティスは顔を俯けた。わかっている。あの無表情な〝友人〟の事を忘れた訳ではない。けれど、迷惑がかかるのではないかと躊躇っているのだ。

「……少し、考えておきます」

「うん、わかった」

招待状を一通手に取り、それをそっと胸に抱くウィーティスをゼアは優しい眼差しで見守っていた。

そして迎えた結婚式の日。

ウィーティスは朝からそわそわとしていた。花嫁は式の時間までは控室で大人しくしていなければならないのに、落ち着かなくて何度も参列者席を見に行った。

家族と親戚はもう親族室に全員揃っている。薬師学校の友人も、仕事を抜けて来る一人を除いて全員が席に着いていた。

ゼアの所属事務所の所長も含め、同僚達も集まっている。

けれど、肝心な人物がどこにも見当たらない。

「ウィーティス？　何をしているの？」

「あ、ゼア様……」

何度も控室を出入りするウィーティスを見兼ねたゼアが後ろから声をかけて来た。その少々呆れた声に、ウィーティスは申し訳なさそうに肩を竦めた。

「……彼女？」

「はい……」

――ロサ。アーテル王女の腹心にして、ウィーティスにとって、友人でもあり命の恩人でもある女性。ゼアの言葉に勇気を貰い、ウィーティスは彼女にも招待状を出したのだ。

もちろん、細心の注意を払った。蘇芳にいるゼアの友人の魔砲士にまず招待状を預け、その友人は自身の恋人にそれを託し、恋人の女性は蘇芳の王宮へ呉服を卸す業者の元に嫁いだ姉にそれを渡した。

後日、その友人から招待状は確実に『件の女性に渡した』と連絡が来た。けれど、返事を貰う所にまでは至らなかったのだ。

「やっぱり、難しいわよね。ロサはアーテル王女の信頼が篤い人だもの。たかだか結婚式の為にシーニーまで来るなんてそう簡単な事じゃないのだわ」

「ウィーティス……」

「ごめんなさいゼア様。せっかくの結婚式の日にこんな顔していては駄目よね。行きましょう、そろそろ時間だわ。大丈夫。ロサならきっと、あの氷みたいに冷たい顔でひっそりとお祝いしてくれているわ」

「……うん。そうだね」

そう言うと、ゼアはウィーティスに向かって手を伸ばした。ウィーティスは微笑み、その手をしっかりと摑んだ。

ウィーティスは目の前に広げられた、婚姻証明書を見つめた。アケルとは異なる言語で書いてあるその紙を見つめる内に、偽装結婚をした時の事が思い起こされて来る。あの時は不安で仕方がなかった。けれど、今は違う。

「では、こちらにサインを」

「はい」

立会人から羽根ペンを受け取ったゼアが、ふとペンを握った手を見つめた。そして

ウィーティスの方を見てクスッと笑った。

「ゼア様?」

「いいや。今回は別々じゃないな、って思って」

「フフ、本当だわ」

ゼアの言いたい事に気づいたウィーティスも一緒になって笑った。立会人が不思議そうな顔をしてこちらを見ている。二人は顔を見合わせた後、一つの羽根ペンでそれぞれの名前を書いた。

誓いの口づけの後、祝福の声に包まれながら歩いていたウィーティスは、柱の向こうにひっそりと立つ人影を見た。

「あ、あれは……」

――薔薇《ばら》のような紅色の髪に同色の瞳の女性。目が合った、と思った瞬間、その人影はくるりと踵《きびす》を返して姿を消した。浮かべていた表情は、おおよそ結婚式に相応しくない冷たい無表情だった。

けれど、ウィーティスは確かに見た。

その口元が、緩く微笑んでいた事を。

「ウィーティス!」

転がるように部屋に飛び込んで来たゼアの顔は、多大な心配と少々の怒りに色取られていた。ウィーティスはそんなゼアの目の前に、澄ました顔で紅茶を置いた。

「お帰りなさい、ゼア様。寒かったでしょう？　紅茶をどうぞ」

「ただいま、ウィーティス。駄目だよ、窓なんか開けたりしたら！　身体が冷えたらどうするの⁉」

「……アスピスがあの子達に知らせたのね？　もう、私の口から言いたかったのに」

ウィーティスは頬を膨らませながら、右の肩を擦った。そこには、ゼアが手ずから彫り込んだ魔力調整の紋様が刻まれている。足の付け根は痛すぎて、結局断念したのだ。

もう結婚式も終わったし、少々見える場所でも良いだろう、と肩口に変更をした。

「ウィーティス、良いから座って。もう動かないで。あとはスピナキア達にやらせるから」

ゼアは胸元から二丁の霊銃を無造作に抜き出し、後方に放った。最初はぎゃあぎゃあと文句を言っていた兄弟達も、最近はその雑な扱いにすっかり慣れたらしい。今も、器用に回転して人化していた。

「キミ達、僕はウィーティスを寝かしつけて来るから、家事をやっておいて」

「寝かしつけって……朝になったばかりだよー？」

「いいよ。放っておこう、ルブス。ああなったらゼアは言う事を聞かないから」

兄弟銃は肩を竦め、呆れた様に部屋から出て行く。そんな二人とゼアを見比べながら、ウィーティスは大きく溜息を吐いた。もうすぐ父親になる男は、呆れるウィーティスを気にする事なく抱き上げた。そしてさっさと寝室の方に向かって歩き始める。

「ま、待ってゼア様。私、さっき起きたばかりなのよ？　もう一度眠る事なんて出来ないわ」

「そう？　じゃあ眠れる様に、疲れる事をする？」

「絶対だめ！　しばらくは我慢して。安定したら、その、何とかするから……手、とか口とかで……」

「うーん、嬉しいけどそれは良いよ。この前やってくれた時、顎を痛くしたでしょ」

「ご、ごめんなさい……」

ともかく、このまま寝室に閉じ込められるのだけは避けたい。ウィーティスはこのまま外に行きたい、と一生懸命ぐずってみた。

「……えー、寒いのに？」

「でも、まだ雪が降る時期じゃないもの。お庭の紅葉《こうよう》がとても綺麗なの。一緒に見に行きましょう？」

ゼアは根負けしたのか、渋々と頷いた。

「……わかった。でもちょっとだけだよ？」

ウィーティスは嬉しそうに微笑み、ゼアの胸に頬をそっとすり寄せた。

「ほら見て。すごく綺麗」

「本当だね」

爽やかな香りのする澄んだ空気の中、鮮やかに色づいた葉とまだ緑のままの葉が入り混じり、得も言われぬ美しさを醸し出していた。苔《こけ》むした岩からは透明な湧き水が湧きだし、庭の中央に小さな池を作り出している。

ゼアはウィーティスを抱いたまま、その縁を歩いた。水面には色とりどりの葉が浮かび、その中を葡萄色と玉蜀黍色が移動している。まるで色の海のような水面を、ウィーティスは黙って見つめていた。

希少な色を持って生まれた自分と王女。二つの葡萄は終ぞ混ざり合う事はなかったが、どちらかが失われる事もなかった。そして髪の色でしか人を判別出来なかったゼア。

彼は二つの色を、きちんと見分けてくれていた。

「……私、色々と怖い目に遭ったけれど、ゼア様にお会い出来て良かったです。これだけは本当」

「僕も。もしキミが葡萄色じゃなかったら、きっと僕達が出会う事はなかっただろうね。でも、運命って結局こういう事なんじゃないのかな」

ゼアの言葉に、ウィーティスは頷く。

もしどちらかの髪の毛が葡萄色じゃなかったら。もし王女が大人しく帰国していたら。もしゼアが二人の見分けがついていたら。だが、こんな幾つもの『もし』はもはや考えても仕方がない事なのだ。

「もういい？　冷えて来たから家の中に戻ろう？」

「ありがとう。ごめんなさい、我が儘を言って」

家に向かって歩きながら、ゼアは何やら楽しそうな顔になっている。

「なぁに？　何を考えているの？」

「フフ、暖かくなったら庭にブランコでも作ろうかなって思って。皆で一緒に乗れるような大きいやつ」

「良い考え！　じゃあスピナキア達を入れて五人乗りにしないとね？」

「それじゃあ足りないよ。十人乗りくらいにしておかないと、乗れない子が可哀想でしょ」

「あ、うぅん、私、ちょっとそんなには……」

ニコニコと嬉しそうなゼアにそれ以上言う事は出来ず、ウィーティスは苦笑いで口を噤んだ。代わりに胸元のシャツを引っ張り、顎を上向けて口づけをせがむ。

ふわりと微笑む優しい顔が近づいて来た所で、甲高い少年の声が庭に響き渡った。

「ゼア！　ウィーティス！　早く帰っておいでー！　朝ご飯作ったよー！」

「お洗濯物も干したー！　褒めてー！」

バルコニーでぴょんぴょんと飛び跳ねる、法蓮草色と木苺色。ゼアとウィーティスは思わず顔を見合わせ、そして同時に吹き出した。

「あの子達、きっと良いお兄さんになりそう」

「どうかなぁ。今からどっちが子供の名前をつけるかって、しょっちゅう大喧嘩《おおげんか》しているんだよ？」

「あら、良いじゃない。霊銃に名前をつけて貰えるなんて光栄だわ。じゃあ子供の名前は二人に考えて貰いましょう？」

「いや、自分の子供の名前は自分で考えたいなぁ」

ゼアは苦笑いをしながら、額に優しく口づけてくれた。ウィーティスはくすぐったそうに首を竦める。

額から、全身に伝わっていく暖かな温もり。お腹の中には、また別の温かさが宿っている。そしてはしゃぎながら飛び跳ねる兄弟。人ではない彼らに、こんなにも心を温められるなんて一体誰が想像出来ただろう。

薬局も、今新しく建設中なのだ。子供が生まれて一段落する頃には、ウィーティスは念願の薬局をやっと開業出来る事になっている。

「これから色々と大変だけれど、ゼア様もアスピスも、あの子達もいるから安心だわ」

「大丈夫だよ。皆で力を合わせれば」

子供が生まれたら、今度こそロサに直接会わせたいと思う。きっと彼女は、いつもの無表情に違いない。けれどきっと、ウィーティスにはわかる柔らかな笑顔を見せてくれるだろう。

ウィーティスは確かな幸せを感じながら、飛び跳ねる兄弟に向かってひらひらと手を振ってみせた。

番外編　二人の愛のカタチ

魔銃アスピスは真っ白い霧状のものに包まれた空間を、背広のポケットに手を突っ込んだままでのんびりと歩いていた。

夢の中で主に会うために、『いつもの場所』に向かう途中なのだ。

アスピスは今、ほとんど戦いの場には出ていない。契約者であるウィーティスは魔砲士ではないし、何よりも彼女は今妊娠中だからだ。

そのウィーティスは、夫であるゼアが仕事で留守にしている時はアスピスを片時も離さず側に置いている。最近のアスピスの定位置は、ひじ掛け椅子で編み物をするウィーティスの横に置いてある小さなテーブルだ。

ウィーティスは、生まれて来る赤ん坊の為にケープを編みながら、アスピスに色々と話しかけて来る。

『あのねアスピス、お庭の花がとっても綺麗に咲いたの。だからケープにつけてあげようと思って』

『今日のお夕食にはね、煮るとルビーみたいに透明感のある真っ赤なスープになるお野菜を使うの。スープの中に真っ白なクリームを落として食べると、綺麗だしとっても身体が温まるのよ』

――アスピスは兄弟銃とは異なり、夢の中以外では人化をする事が出来ない。だからただ黙ってウィーティスの話を聞く事になる。

ウィーティス本人は全く気にしていない様子だが、何も返事を返してやれない事が密かに気にはなっていた。

だから一度、ウィーティスが眠った時に以前のように夢の中に現れ、昼間の話についての感想を伝えた。

『アスピス！　わざわざ会いに来てくれたの？　嬉しい、ありがとう！』

ウィーティスは予想以上に喜び、去り際にはこうして時々夢に出て来て欲しい、と頼まれた。

もちろん、快諾をした。契約者の望みだし、何よりもこの賢く愛らしい娘と話すのはアスピス自身も楽しかったからだ。

「……ん？」

アスピスは首を傾げた。周囲を覆う霧が全く晴れていかない。いつもなら、ウィーティスが過ごす居間を模した空間にとっくに到着し、小テーブルの上に座っているはずなのに。

「……おかしいな」

妙なのはそれだけではない。ウィーティスの気配はするが、なぜかいつもより遠く感じる。その代わり、もう一人別の人間の気配がする。

「この気配は……」

ポケットに突っ込んでいた両手を出し、ゆっくりと歩を進める。一歩歩くごとに、厚く覆われていた霧が次第に晴れていく。

アスピスは立ち止まり、目を閉じた。空間が歪む感覚。目を開けると、ひじ掛け椅子に腰かけていた。これもいつもと違う。

周囲を見渡すと。窓際に長身の若い男が立っていた。先ほど感じた気配の主。それは玉蜀黍色の髪をした、元契約者のゼア・ヘルバリアだった。

「やっぱりアンタか。……ゼア」

声をかけると、人影はビクリと肩を跳ねさせ弾かれたように振り向いてきた。その薄緑の両目は驚愕に彩られている。

「え、もしかしてアスピス⁉」

「そうだけど。で、なんでアンタがここに……というかなんで、アンタが夢の中にいるんだ？」

言いながら、アスピスは集中して周囲の気配を探った。ウィーティスの気配は変わらずするが、目の前にいるゼアよりずっと弱い。やはり、ここはいつもの夢の中ではない。

——という事は、もしやここはゼアの夢の中なのだろうか。

「驚いた。キミが夢に出て来るなんて初めてだな。というか、もっと早く出て来てくれれば良かったのに。キミには言いたい事が色々とあるんだよ」

「……悪かったな、男の夢枕に立つ趣味はないんだよ。今のこの状況については、ちょっと俺も意味がわからない」

ゼアは顎に手をあて、何やら思案顔になっている。理解不能な状況にも戸惑う事なく冷静に考えを巡らせる所はさすがだな、と素直に感心する。

その顔を眺める内に、アスピスは初めてゼアと契約した時の事を思い出していた。


霊銃は、聖霊遺跡からしか発見される事はない。遥《はる》か古代の魔術師が作ったとか世界の創造神が創ったとか諸説あるものの、そのどれも定かではない。何と言っても、霊銃自体が自らの〝出生の秘密〟など知る由もないからだ。アスピスも自分が霊銃としてこの世に現れた時の記憶など全くない。

ただ、人の手に初めて触れられた時の事はよく覚えている。

その時、アスピスはひどい不快感を覚えた。体中を撫で回される感覚に戸惑っている内に、段々と意識がはっきりとして来た。気づくと、下卑た男の声が己のすぐ近くにあった。

「すげぇ、霊銃だ！　こいつは高く売れるだろうな！」

だが結局、男の目論見は外れた。アスピスが己を〝持たせなかった〟からだ。

その後も二度ほど遺跡の盗掘犯が現れたが、アスピスは周囲に毒の霧を張り巡らせ触れる事すら許さなかった。一度だけ魔砲士の女性が訪れた事があったが、顔が好みではなかった為に結局契約をしなかった。

そんなある日、今まで感じた事のない気配がした。強い意志を感じさせる、清廉な気配。

（……珍しい気配の人間だな）

アスピスは毒の霧をかき消し、その人物の来訪を待った。

そこから三時間ほど経っただろうか。やがて現れた人間は、若い男だった。

台座に鎮座するアスピスを見つけたのか、ゆっくりとこちらに向かって歩いて来る。

「はぁ、やっと見つけた。随分奥にいたなぁ」

その時、アスピスはおや、と思った。この若い男は今、『奥にいた』といった。

『奥にある』ではなく『いた』。

まるで霊銃を人のように言う男に、少し興味を抱いた。

だがその後、男はアスピスの思いも寄らない行動をとった。いきなり、硬く冷たい岩の上に跪いたのだ。

『はじめまして、僕はゼア・ヘルバリア。魔砲士です。駆け出しではありますが、魔砲士として必ず成功してみせますのでどうか僕と契約をして頂けませんか？』

――初めてだった。霊銃とはいえ、〝物〟に対して礼を尽くす人間に出会ったのは。

先だっての女は乱暴な態度ではなかったが、霊銃としてはそうランクが高くはないアスピスを小馬鹿にする様な素振りすら見せていたのに。

『……俺は、アスピス。魔銃アスピスだ』

ランクの低い霊銃である自分が、人間と言葉を交わす事が出来るのは契約をするこの一瞬だけ。

その時、ゼアに持ち上げられた感触と嬉しそうな声は、今もはっきりと覚えている。

アスピスは回想を振り払い、椅子に座ったままゼアの方を向いた。

「まぁ良い。ちょうど良かった。アンタには世話になったからな、ここで今までの礼を言っておくよ」

「ん？　いや、僕だってキミにずっと助けられて来たんだ。お礼を言うのは僕の方だよ。それと、ウィーティスを守ってくれてありがとう」

ゼアはあっさりと状況を受け入れ、ニコニコと微笑んでいる。

先ほどゼアが言っていた「言いたい事」とはウィーティスを守っていたお礼か。そう思っていたアスピスは、ゼアの顔を見た瞬間、背筋を凍りつかせた。

――口元に笑みを浮かべているものの、ゼアの両目は全く笑っていない。

「……ねぇアスピス。感謝は感謝として置いておくけど、君さ、なんで勝手にウィーティスと契約をしたの？　普通は僕に断りを入れるのが筋じゃないのかな」

アスピスは目をぱちくりとさせた後、気まずげに舌打ちをした。

「勝手に動いたのは悪かったよ。でもアンタは俺の声が聞こえないんだから、仕方がないだろ」

「それはそうだけど！　でも、だったらスピナキア達に伝えてくれれば良いじゃないか。だけどキミ、確かあの子達に口止めをしていたよね？」

アスピスはすぐに頷く。これに関しては、ちゃんとした理由があるのだ。

「……ウィーティスがガキどもに身代わりの事を話した時、あいつらはすぐに俺に知らせて来た。状況を聞いてすぐにわかった。正直、命の危険があるのはアンタよりも彼女の方だって。ひとまずアンタには言うなと伝えた。彼女は気の毒だが、どうなろうと仕方がない。俺達の契約者はゼア・ヘルバリアだからな。けど、あの子が自分の名前を呟いている姿を見た時、気持ちが変わった。契約者であるアンタが大切に思っているあの子を、俺が代わりに守ってやろうって」

ゼアは驚いたような顔をしている。その目からは、先ほどまで浮かんでいた攻撃的な色は一切消え失せていた。

「王女が戻って来たらあの子は殺される。その前に俺が手を貸してやれば、何とか逃げ切れるだろうと思った。アンタの面倒はガキどもがいれば十分だしな。ま、結局ウィーティスは俺を返そうと律義に屋敷へ戻って来たんだが」

「え、どういう事？」

「聞いていないのか？　ウィーティスはアンタらが仕事に出かけた後、王宮に呼び出されてそこで殺されかけたんだぜ？」

「え⁉」

驚愕に歪むゼアの顔を見ながら、アスピスは苦笑した。全く、世話の焼ける事だ。

「報奨金を与えると言って呼び出し、別室に用意された全ての飲み物と菓子に毒を仕込んで、あの子を毒殺しようとした」

――アスピスは、そこでウィーティスの脱出劇を事細かに説明してやった。ゼアの顔は真っ青を通り越して真っ白になっている。

「なんで、なんでそんな……！　だから彼女は、僕が追いかけた時にあんなに怯えていたのか……！」

「だろうな。言っておくが、アンタを攻撃した事は謝らないからな？　あれは契約者であるウィーティスを守る為に必要だった事だ」

ゼアは青褪めたまま、ゆっくりと首を振った。

「……謝らなくて良い」

「そりゃ良かった」

アスピスは肩を竦めて笑った。ゼアもそれに合わせたように笑う。だが、柔和な顔に浮かぶ穏やかな表情は長続きをしなかった。

「けど、それとこれとは別だ。アスピス、あんまり頻繁にウィーティスの夢の中に出て来ないでくれる？」

「あ？　なんで？」

「ウィーティスが夢の中で君とした話を、すごく楽しそうに話をしてくれるんだ。嬉しそうな顔は可愛いんだけど、何て言うのかな、あんまりキミの名前ばかり呼ばれると癪《しゃく》に障る……じゃなくてあんまり頻繁に出て来られるとウィーティスが体調を崩すんじゃないかって心配なんだよ。今はただでさえ疲れやすいのに、君の相手までしていられないと思うんだよね」

アスピスの元契約者であるゼアは、憤慨しきった顔で人差し指を突き付けて来る。そのあまりにも子供じみた仕草に頭痛を覚えながら、アスピスは溜息混じりに説明をした。

「俺だってそう思うよ。でも、ウィーティスの方が話し相手になって欲しいって頼んできたんだぜ?」

「……さっきから気になってたんだけど。キミ、僕の妻を軽々しく呼び捨てにしないでくれるかな」

ゼアの声が一気に低くなっていく。

(面倒くせぇなぁ、こいつ)

だがこんな事で歯向かう気もなければ意味もない。ここはゼアが気に入る返答をすべきだ。そう判断し、肩を竦めながら口を開いた。

「それもそうだな。それならなんて呼べば良い? ヘルバリア夫人、とか?」

「うーん……。ちょっと待って、考えるから」

顎に手を当て、真剣に思案しているらしい元契約者の姿を見つめながら、アスピスは肩を竦めながら赤銅色の髪をガリガリと掻いた。

結局、出現する回数を急に減らしたり呼び方を変えたりするとウィーティスが戸惑うかもしれない、と現状維持のままでいく事に落ち着いた。

「……絶対に、必要以上に馴れ馴れしくするなよ。彼女は僕のなんだからね」

「わかっているし馴れ馴れしくもしねぇよ。そもそも今だってしてねぇよ」

「それなら良いけど……」

なおも不満げなゼアの顔が、次第に霧に包まれていく。夢から覚める時が来たのだ。

恐らく、今後はゼアと話をする機会は二度と来ないだろう。

今回は本当に特別な機会だったのだ。

ゼアの姿が完全に消えた所で、アスピスはようやく、といった風に背後を振り返った。

「……やれやれ。で、お前は一体何でこんな事をしたんだ？」

「あ、ばれてた？」

——ひじ掛け椅子の陰に隠れる様にしてうずくまっていたのは、葡萄色の髪をした少女だった。年の頃は十歳くらいだろうか。左の側頭部の髪が一房だけ、光に艶めく玉蜀黍色になっている。

少女の華奢な身体は、暖かそうな手編みのケープに包まれていた。

「……ウィーティスもゼアも誤解をしているが、俺が夢の中に入り込んでいるわけじゃない。俺の夢の中に引っ張り込んでいるんだ。だから俺の出現位置は俺が置いてある所になる。だが今回は違う。俺はひじ掛け椅子に座らされているし、椅子から立ち上がる事が出来なかった。ゼアも窓際から一歩も動いていない。それは俺達がお前の夢に引っ張られているからだ。つまり、ここはお前の夢の中」

「さすがアスピスだね！　そう、ここは私の夢の中なの。だから温かくて、毎日優しい声が聞こえる私の大好きな場所にお招きしたのよ」

少女は前方に回り込み、アスピスの膝の上に飛び乗った。猫の様に煌めく大きな瞳は、薄い緑色をしている。

「霊銃と魔砲士を同時に夢へ引っ張り込むなんて大したもんだな。で？　俺とゼアを夢に呼んだ理由と目的はなんだ？」

「うーん、理由は二人を会わせたかったから。目的は、仲直り……？」

膝の上で、身振り手振りで喋る少女が落ちないように腰に手を回してやりながらアスピスは鼻で笑った。

「仲直りもなにも、俺とゼアは別に仲が悪いわけじゃないよ」

「うん。でもアスピス、一方的にライバル心を持たれているでしょ？　だからアスピスがとっても良い人……じゃないな、良い霊銃だって事を教えてあげたくて」

「はぁ、なるほどね」

――確かにライバル心というか、嫉妬心を向けられている事には気づいていた。人間ではない自分に対してなぜ、と呆れていたから特に何も行動を起こす気はなかったが、今回のこれはちょうど良い機会だったかもしれない。

「まぁ、助かったと言えば助かったかもしれないな」

「やった、大成功……良かった……」

少女は嬉しそうに笑った。その目が、次第にとろんとし始めている。

「もう眠ったらどうだ？　俺達を同時に夢に引きずり込むなんて真似をしたんだ。思っている以上に疲れているはずだぜ？」

「うん……ちょっと眠い……」

少女が目をこすると同時に、再び辺りに霧が立ち込めて来た。どうやら本格的に眠くなって来たらしい。

「おやすみ……またねアスピス……」

更なる眠りを促すように、葡萄色の髪をサラサラと撫でてやる。少女はくすぐったそうに笑った。

そして大きなあくびを一つした後、少女の姿は完全に消えた。

「……またな。三ヶ月後に会えるのを、楽しみに待っているよ」

アスピスはひじ掛け椅子に座ったまま、長い足を組み変えた。〝楽しみに待っている〟こんな風に言えてしまう、今の自分に少し驚く。

あの何かと騒がしい兄弟銃に少々感化されたのかもしれない。

「ゼアが知ったら怒るだろうな。〝僕より先に顔を見た！〟って。面倒くせぇから、黙っておくか」

その場面を想像し、少しだけ笑う。そして、ゆっくりと目を閉じた。

次に目を開けた時には、自分は元の霊銃の姿に戻っている事だろう。また、いつもの穏やかで大切な日々が始まるのだ。


アスピスは知らない。

十数年後、自分が葡萄色の少女と共に世界中を駆け巡っている事を。

魔砲士として最高レベルの力を持つ少女が、周囲からどれだけ言われても、魔銃アスピスを唯一の霊銃として使い、絶対に手放そうとはしなかった事を。

またそれを見て、少女の父親からひどく妬まれ母親を苦笑させる羽目になるなど、想像すらしていなかった。

あとがき

はじめまして、杜来リノと申します。

第五回ムーンドロップス恋愛小説大賞で最優秀賞を受賞させて頂き、こうして本を出す事が出来ました。

いつも頭の中で登場人物達が動いている様子を想像しながら書いています。けれどそれは漠然としたもので、この様に表紙と挿絵のついた本になる事で主人公達の「本当の顔」を見る事ができ、とても嬉しく思っています。

私はお話を書く時、世界観をかなり作り込みます。ほとんどが大好きな「スチームパンクと魔法」の世界で物語を展開しています。

どちらかと言えばスチームパンクに寄りがちですが、今作は特に「寄った」世界観になっているかと思います。

主人公ペアについて、TLにはあまりいない感じの銃を撃つヒーローですが、とにかく格好良くなるように、そしてヒロインは健気な中に行動力のある女性に見えるように書きました。二人の事を、一人でも多くの方が気に入って下さると嬉しいな、と思っています。もちろん二人以外にも、多くの登場人物がいます。

無邪気な王女ウィスタリアに賢い王女アーテル。冷酷な王子オルキスにメイドのロサ。霊銃兄弟に魔銃アスピス。彼らが作中でどんな存在感を示しているか。その辺りも楽しんで頂けたら、と思います。

今回、得難い経験をさせて下さったムーンドロップス恋愛小説大賞関係者様、慣れない書籍化作業を優しく導いて下さった編集担当者様、美しいイラストを描いて下さったサマミヤアカザ先生。皆様に、心よりお礼を申し上げます。

今後とも、執筆を頑張っていきます。「スチームパンクと魔法といえば、杜来リノ」と思って頂けるように、精進して参ります。また別の作品で読者様にお会い出来る事を、心から願っています。

この度は作品を手に取って頂き、誠にありがとうございました。

杜来リノ

キャラクターデザイン
& 表紙ラフ

天ヶ森雀

魔王の娘と白鳥の騎士　罠にかけるつもりが食べられちゃいました
気高き花嫁は白銀王の腕で愛欲に震える

当麻咲来

王立魔法図書館の［錠前］に転職することになりまして
王立魔法図書館の［錠前］は淫らな儀式に啼かされて
失神するほど愛されて　悪魔は聖姫を夜ごと悦楽に堕とす
王立魔法図書館の［錠前］は執愛の蜜獄に囚われて

兎山もなか

異世界で愛され姫になったら現実が変わりはじめました。

吹雪歌音

舞姫に転生したＯＬは砂漠の王に貪り愛される

葉月クロル

異世界の恋人はスライム王子の触手で溺愛される
異世界婚活！アラサーOLは美形魔導士に深く激しく求められる

日車メレ

墓守公爵と契約花嫁　ご先祖様、寝室は立ち入り厳禁です！

真宮奏

狐姫の身代わり婚～初恋王子はとんだケダモノ!?～

まるぶち銀河

ひねくれ魔術師は今日もデレない　愛欲の呪いをかけられて

御影りさ

少年魔王と夜の魔王　嫁き遅れ皇女は二人の夫を全力で愛す
次期国王の決め手は繁殖力だそうです
ヤンデレ系乙女ゲームの悪役令嬢に転生したので、推しを監禁しています。

椋本梨戸

怖がりの新妻は竜王に、永く優しく愛されました。

〈ムーンドロップス〉好評既刊発売中！

青砥あか

29歳独身レディが、年下軍人から結婚をゴリ押しされて困ってます。
愛玩調教 過保護すぎる飼い主の淫靡な企み
下賜された悪徳王女は、裏切りの騎士に溺愛される

イシクロ

偽りの吸血姫が本物になるまで　身代わり処女は甘い楔に啼く

踊る毒林檎

喪女と魔獣　呪いを解くならケモノと性交⁉

臣桜

皇帝陛下は呪われた聖女の母性に溺れる

かほり

魔界の貴公子と宮廷魔術師は、真紅の姫君を奪い合う
～私のために戦うのはやめて‼

君想ロミヲ

騎士団長は処女魔王を絶頂に染める

葛餅

数学女子が転生したら、次期公爵に愛され過ぎてピンチです！

このはなさくや

異世界の酒場で運命の男が待っていました ぬるいエールを魔法で冷やして

怜美

身替り令嬢は、背徳の媚薬で初恋の君を寝取る

白花かなで

復讐の処女は獣人王の愛に捕らわれる

竹輪

異世界から来た賢者様はお嫁様をさがしている　獣人の乙女は運命のつがいに愛されて

月乃ひかり

宮廷女医の甘美な治療で皇帝陛下は奮い勃つ
軍神王の秘巫女【超】絶倫な王の夜伽は激しすぎます！
蒼き海の秘ごと～蛮族の王は攫われ姫の甘い海に沈む
冷酷王は引き籠り王妃に愛を乞う 失くした心が蘇る恋の秘薬

★著者・イラストレーターへのファンレターやプレゼントにつきまして★
著者・イラストレーターへのファンレターやプレゼントは、下記の住所にお送りください。いただいたお手紙やプレゼントは、できるだけ早く著作者にお送りしておりますが、状況によって時間が掛かる場合があります。生ものや賞味期限の短い食べ物をご送付いただきますとお届けできない場合がございますので、何卒ご理解ください。

送り先
〒160-0004　東京都新宿区四谷3-14-1　UUR四谷三丁目ビル２階
（株）パブリッシングリンク
ムーンドロップス 編集部
○○（著者・イラストレーターのお名前）様

色彩の海を貴方と泳げたら
魔砲士は偽姫を溺愛する

２０２２年２月１７日　初版第一刷発行

著……杜来リノ
画……サマミヤアカザ
編集……株式会社パブリッシングリンク
ブックデザイン……しおざわりな
（ムシカゴグラフィクス）
本文ＤＴＰ……ＩＤＲ

発行人……後藤明信
発行……株式会社竹書房
〒102-0075　東京都千代田区三番町８－１
三番町東急ビル６Ｆ
email：info@takeshobo.co.jp
http://www.takeshobo.co.jp
印刷・製本……中央精版印刷株式会社